# LE
# CONSCRIT DE CORBEIL

PAR

## AUGUSTE VILLIERS

## PARIS

AUGUSTE GHIO, ÉDITEUR

GALERIE D'ORLÉANS, 1, 3, 5, 7

### PALAIS-ROYAL

1882

# LE
# CONSCRIT DE CORBEIL

# LE
# CONSCRIT DE CORBEIL

PAR

## AUGUSTE VILLIERS

## PARIS

AUGUSTE GHIO, ÉDITEUR

GALERIE D'ORLÉANS, 1, 2, 5, 7

## PALAIS-ROYAL

## 1882

Co. beil. imp. L. DREVET

# LE
# CONSCRIT DE CORBEIL

## I

### CETTE PAUVRE MADAME CONSTANT

Au printemps, le soleil darde ses flèches d'or, les oiseaux chantent dans la ramure, les prés s'émaillent de fleurs, l'eau murmure joyeusement, les jeunes filles gazouillent comme les fauvettes, et l'amour s'éveille dans les cœurs.

Or, nous sommes au printemps, par une belle journée de mai, dans la rue du Quatorze-Juillet, à Corbeil.

Corbeil est une ville gaie, commerçante, industrielle, heureusement située sur les rives de la Seine, au confluent de la Juine, nommée vulgairement rivière d'Essonnes.

Cette petite rivière alimente des fabriques de lin et de coton et les moulins de feu M. Darblay, sans compter trente ou quarante usines ou moulins moins importants, entre Corbeil et Etampes, où la Juine commence à devenir utile.

La population de Corbeil est nécessairement ouvrière.

Il y a à peine trente-cinq à quarante ans, les enfants de huit ans étaient reçus dans les fabriques, et les ouvriers à deux francs et trois francs par jour faisaient quatorze heures de travail, avec une demi-heure de repos pour manger, vivant dans une chaleur de 40 degrés produite par la vapeur des machines.

Les enfants avaient le teint jaune et maladif des étiolés ; les parents, usés par le travail, n'avaient pas le temps

de remarquer cet état de choses, auquel d'ailleurs ils ne
pouvaient rien.

Qu'importaient la santé et l'instruction, cette nourriture de l'esprit ? Il fallait avant tout le pain du
corps.

Ce jour-là était un vendredi, jour du marché ; la
mère Marie, une bonne grosse femme qui frisait la
soixantaine, passait dans la rue du Quatorze-Juillet, laissant à sa gauche le port des Boulangers et criant de sa
voix quelque peu enrouée, que je crois entendre d'ici :

— Harengs frais ! harengs nouveaux !

Comme à cet endroit il y avait deux grands murs de jardins sans habitation, la marchande de marée pressa le
pas, en donnant un coup d'épaule à sa hotte, afin de la
remettre en équilibre sur son dos, et parvint au carrefour formé par la rue du Petit-Port à gauche et une
rue à droite dont le vrai nom nous échappe, mais que
les gamins de l'époque désignaient sous celui de rue de
l'Hôtel de la *Puce couronnée*, à cause d'un garni où
l'on couchait à la corde pour deux sous.

Là, elle s'arrêta, surprise, en voyant cinq ou six personnes assemblées.

Deux hommes relevaient une femme jeune encore,
qui semblait évanouie ; des femmes chuchotaient.

— Eh ben, qu'est-ce qu'il y a donc ? demanda la
marchande de harengs de sa grosse voix.

Une des femmes lui montra la femme évanouie.

— Ah ! bon Dieu, s'écria la mère Marie, c'est cette
pauvre Mme Constant ! Cré nom ! remontez-la vivement chez elle, monsieur Subert, sans cela elle vous
passera dans les mains !

Les deux hommes emportèrent la femme évanouie et
se dirigèrent en face, vers une maison à deux étages
qu'on nommait « la grande maison. »

— Mais qu'a-t-elle donc ? demanda une femme à la
marchande.

— Jésus-Dieu ! ce qu'elle a ? fit la mère Marie. Ce qu'elle a, sainte Vierge, elle a faim !

A cette révélation, un frisson courut dans les veines de ceux qui assistaient à cette scène, et les femmes disparurent dans les maisons voisines.

Mais, un instant après elles revenaient portant celle-ci un bouillon, celle-là du pain, une autre du vin, ainsi de suite... Chacune faisait ce qu'elle pouvait, mais, hélas ! le carrefour n'était habité que par des pauvres.

Cependant les hommes qui portaient Mme Constant étaient parvenus au deuxième étage de la grande maison et avaient déposé la malade sur le pauvre lit qui formait presque tout le mobilier de la petite chambre mansardée.

La mère Marie, qui habitait la chambre voisine, avait posé sa hotte sur le carré et était entrée à la suite des porteurs.

— Il fallait que ça finisse comme cela, murmurait-elle ; le chagrin et la misère, c'est des mauvais compagnons. — Ah ! bon, le petit Jean-Pierre n'est pas là ; il ne verra pas sa mère ainsi.

Et la brave femme mit un oreiller en bourre de laine, avec une taie à raie bleue qu'elle venait de prendre chez elle (l'oreiller de défunt le père Marie, s'il vous plaît), sous la tête pâle et maigre de Mme Constant.

Une voisine entr'ouvrit les lèvres de la malade et lui glissa dans la bouche quelques gouttes de vulnéraire. Une autre allumait du feu dans un petit poêle et faisait chauffer du bouillon.

Tout cela fit que Mme Constant revint à elle. Ses grands yeux s'arrêtèrent avec surprise sur les visages de ceux qui l'entouraient et, comme si elle fût sortie d'un rêve, elle dit d'une voix faible :

— Où suis-je ?

— Chez vous, dit vivement la mère Marie, et avec des amis. Tenez, buvez-moi ça, c'est du nanan.

Avec l'aide de la marchande, Mme Constant se releva sur son séant et but à petits coups un bol de bouillon.

Alors, une légère coloration apparut à la pommette des joues, et la jeune femme laissa glisser un sourire sur ses lèvres.

— Qu'est-il donc arrivé ?

L'un des hommes voulut expliquer ce qui s'était passé, mais la mère Marie, en sa qualité de femme d'abord et de marchande ensuite, n'était pas d'humeur à abandonner la parole à qui que ce fût ; aussi dit-elle avec volubilité :

— Ce qui est arrivé, doux Jésus, vous le demandez ? Il est arrivé que vous êtes partie travailler sans avoir rien dans le sac, comme vous faites souvent, et que les forces vous ont trahie... Vous vous êtes trouvée mal comme une grande dame et vous avez pris un billet de parterre.

— Oui, je me souviens, fit la pauvre femme, redevenant pâle subitement, j'ai mis ce matin ce qui restait ici dans le panier de Jean-Pierre en l'envoyant à l'école... Il ne faudra pas lui dire ce qui vient de se passer, mère Marie !

Deux larmes coulèrent sur les joues de la malade, au souvenir de son enfant.

— Viens-tu, Subert ? dit tout bas l'un des hommes ; je ne peux pas rester là. Ça me crève le cœur !

Et tout haut :

— Je vais dire au médecin de venir, c'est peut-être utile.

Et ils sortirent.

Les voisines parvinrent à faire accepter un peu de nourriture à Mme Constant ; mais elle était si faible qu'elle ne pouvait manger qu'avec précaution et ménagement.

Elle reprit quelques forces, et les voisines la laissèrent aux soins de la marchande, car chacune avait

chez elle une lourde besogne quotidienne à expédier.
C'est le raccommodage, c'est le blanchissage, c'est le
ménage et la cuisine, le mari et les enfants, et, par
dessus tout cela, beaucoup travaillent encore pour les
magasins.

O vous! qui jouissez de la fortune, vous ne savez pas
vous ne saurez jamais ce qu'est la vie d'une femme d'ouvrier dans une petite ville de province!

Ce que je raconte ici est une histoire vraie; elle ne
peut pourtant vous donner qu'une faible idée des
drames inconnus au milieu desquels vivent et meurent
tant d'infortunés.

Restée seule avec Mme Constant, la mère Marie
commença un sermon qu'elle avait déjà récité vingt
fois; mais elle ne tarda pas à s'apercevoir que la jeune
femme, fatiguée par sa chute et par l'émotion, venait
de s'endormir d'un sommeil doux et réparateur.

Elle grommela encore quelques mots et se mit à
tricoter une paire de bas de laine qu'elle destinait (la
sournoise) à ce petit diable de Jean-Pierre.

C'est le moment de pénétrer plus avant dans l'existence de nos personnages.

Mme Constant avait appris l'état de couturière et
allait en journée chez les bourgeois, lorsqu'à l'âge de
vingt ans elle fut recherchée en mariage par un brave
garçon du nom de Constant, qui était de huit ans
plus âgé qu'elle.

La jeune fille était assez jolie, un peu faible de tem-
pérament; mais la jeunesse est un philtre si puissant,
que les commères du voisinage disaient à la mère, qui
avait des appréhensions sur l'avenir de sa fille :

— Bah ! bah ! elle est bien formée, le mariage lui
donnera des couleurs et des forces.

Constant était un gaillard bien bâti, qui promettait
de travailler pour deux au besoin, et puis ces jeunes
gens s'aimaient tant !... .

Ils s'aimaient comme des ouvriers qui savent que leur dot réciproque se traduit par des privations, de la misère et beaucoup d'enfants.

Mais, à côté de cela, il y avait le seul bonheur de leur existence : être deux pour porter le fardeau de la vie.

Être deux ! Deux à aimer ! Deux à souffrir ! Tout est là !

Constant était contre-maître à la fabrique de lin du Faubourg, appartenant à M. Feray, le riche propriétaire des filatures de Corbeil, Essonnes et autres lieux. Il gagnait à cette époque trois francs par jour. C'était alors ce que les gens du pays appelaient une bonne journée.

Donc, la jeune fille faisait, en somme, une belle affaire.

Le mariage se fit.

Ici, il est utile de dire que la mère de Mme Constant était veuve depuis longtemps, et les mauvaises langues de Corbeil (il y en a partout) prétendaient que la petite fille était venue douze mois au moins après la mort du père.

Nous laisserons ce commérage de côté.

Au bout d'un an, Mme Constant accoucha d'un fils qu'on nomma Jean-Pierre.

Il fut naturellement question de le faire baptiser.

Le père proposa un oncle, la mère proposa un autre parent, mais la grand'mère dit qu'elle ne serait marraine qu'à la condition que le parrain serait M. Chevallier.

Qu'était-ce que M. Chevallier ? Nous le dirons au chapitre suivant, dans lequel il apparaîtra comme personnage de cette histoire.

Bornons-nous à dire que M. Chevallier fut le parrain.

Tout allait bien dans le ménage Constant.

Le petit Jean-Pierre venait à merveille et promettait

d'être un luron, comme disait la mère Marie, déjà voisine des Constant.

Constant rapportait chaque quinzaine le produit de son travail, et l'aisance — oh ! une aisance relative ! — régnait dans le jeune et heureux ménage.

Quelquefois, le dimanche, on faisait la folie d'aller boire un litre à douze chez le père Ribotton, à Soisy-sous-Etiolles, ou aux Marronniers, à Saintry ; — c'était le comble de la débauche, lorsque ces jeunes gens allaient prendre un café chez *Totor*, place Saint-Léonard.

On en jasait dans le Faubourg.

Le père Martin, le maréchal ferrant, mettait ses lunettes pour les regarder passer.

Hélas ! comme dit la chanson, les beaux jours sont courts et le chagrin vient vite.

Constant tomba malade ; il eut un refroidissement en sortant de la fabrique, où la vapeur était reine.

Bien soigné, il n'en mourut pas.

Mais le pauvre ménage s'endetta.

Ce ne fut qu'après six mois de convalescence que le mari put reprendre son travail.

Il lutta. Il lutta trois ans, mais il était atteint mortellement.

Le médecin qui l'avait soigné évitait les visites, — signe terrible !

Enfin, il n'y eut plus de place pour l'illusion. Constant était abandonné ; les poumons étaient attaqués, — la mort était sinon proche, du moins certaine.

Plusieurs fois on avait eu recours à M. Chevallier, le parrain de Jean-Pierre, qui passait pour riche.

M. Chevallier avait, avec beaucoup de restrictions, lâché un petit cordon de sa bourse, non sans gémir.

M. Constant mourut.

Devant l'affliction de la veuve, M. Chevallier fit quelque chose pour l'enterrement, toujours parce qu'il

1.

était le parrain (diable de corvée) du petit Jean-Pierre.

La mère de Mme Constant mourut subitement. M. Chevallier fit encore quelque chose pour son convoi. Mais à partir de là, et comme si tout ce qui l'attachait à Mme Constant eût disparu, il ne reparut plus.

Un an après la mort de M. Constant, sa veuve était dans la misère, et les créanciers de son mari s'acharnaient après elle, la sachant honnête et courageuse, parce qu'elle n'avait pas renoncé à sa communauté de biens avec défunt Constant, précaution que la plupart des femmes ignorent.

C'est à cette situation que commence notre véridique histoire.

## II

### CE BON M. CHEVALLIER.

La grande rue de Corbeil est la rue Saint-Spire. C'est la rue commerçante et celle qui mène à l'église. Vers le tiers de la rue, à l'endroit le plus fréquenté, en face d'un magasin de nouveautés, s'élève une espèce d'arche en pierre.

Cette arche donne accès à deux rues circulaires qui auraient la forme de la lettre O.

Au milieu s'élève l'église. Cette enceinte se nomme le Cloître.

C'est dans l'une des maisons du Cloître que nous irons trouver ce bon M. Chevallier.

M. Chevallier, à l'époque dont nous parlons, était un homme d'une taille un peu au-dessous de la moyenne, mince, l'air vif et guilleret, portant gaillardement ses soixante ans, ayant l'œil fureteur des bouquinistes ou des escompteurs, les moustaches grisonnantes et les cheveux légèrement teints, si nous en croyons sa femme de ménage.

Les uns disaient qu'il était avare et fort riche ; sa cave contenait des valeurs inconnues, et l'on sait ce que sur cette base le public peut échafauder de millions.

Les autres disaient que c'était un bon homme, ayant juste de quoi vivre et travaillant encore pour se faire une réserve.

Dans l'inconnu, il n'y a pas de milieu.

Toujours est-il que M. Chevallier avait rendu souvent des services payés à un nombre très grand de personnes de la ville qui, de bon cœur ou non, chantaient ses louanges.

Aussi n'était-il pas rare, lorsqu'on parlait de lui, d'entendre dire :

— Avez-vous rencontré ce *bon M. Chevallier*?

Bien entendu, personne n'avait osé penser qu'il pût y avoir rien que de *naturel* dans les visites que M. Chevallier faisait à la mère de Mme Constant et ensuite à cette dernière.

Il était le parrain de Jean-Pierre par bonté d'âme, par charité ; c'était une bonne œuvre qu'il niait quelquefois par pure modestie.

Tel était ou paraissait être M. Chevallier.

Le lendemain du jour où Mme Constant avait été relevée sur la voie publique, la mère Marie, ayant mis un bonnet blanc, et tenant sous son bras droit le bras faible de Mme Constant, et de la main gauche la main du petit Jean-Pierre, âgé alors de sept ans, montait, faisant le panier à deux anses, la rue du Quatorze-Juillet, sous l'œil des voisins, qui se demandaient où ces pauvres gens dirigeaient leurs pas.

Ils traversèrent le pont, puis à gauche prirent la rue Saint-Spire et suivirent cette rue jusqu'au Cloître, dans lequel ils entrèrent jusqu'à la porte de M. Chevallier.

Là, il y eut une hésitation.

Jean-Pierre avait peur de ce vieil homme, — idée d'enfant, disait la mère. Mme Constant n'était guère plus brave. Pourquoi ? nous le saurons bientôt. Seule la mère Marie, qui était bien la hardiesse en personne, lorsqu'il s'agissait des autres, tira vivement la patte de biche qui correspondait à la sonnette, et l'on entendit des pas dans l'intérieur de la maison.

— Vous avez peut-être sonné trop fort, fit Mme Constant.

— Bon, riposta la marchande, il aura mieux entendu.

Puis, en manière d'acquit, elle ajouta :

— On m'a dit qu'il était un peu sourd.

Mme Constant, faible encore, se sentit presque défaillir, lorsque derrière la porte une voix rude prononça ces mots :

— Qui est-là ? que voulez-vous ?

Jean-Pierre fit deux pas en arrière en ôtant sa casquette.

— C'est nous ! dit la mère Marie.

— Qui, vous ? reprit la voix.

— Mme Constant et son mioche !

— Ah ! ah! bon, il fallait le dire tout de suite, dit M. Chevallier d'un ton plus doux.

Et la porte grinça sur ses gonds rouillés.

— Entrez, chère dame, fit le vieillard en dardant ses yeux perçants sur la jeune femme, entrez, je suis tout à votre service.

Ces paroles, dites onctueusement, rassurèrent Mme Constant qui, faisant un effort et attirant son fils, gravit presque rapidement les dix-sept marches du premier étage que venait d'escalader M. Chevallier.

La mère Marie suivait derrière en murmurant :

— Eh ! les petits agneaux, je suis plus lourde que ça, je demande du temps.

M. Chevallier fit entrer les visiteurs dans un petit cabinet où il recevait ordinairement ses débiteurs.

Un bureau et un fauteuil pour lui, trois chaises paillées à l'usage des solliciteurs, un crucifix en bois noir au-dessus du bureau, appendu au mur à un clou, tel était le mobilier complet de cette pièce.

Le bureau avait une caisse.

Cela semblait dire à tous : — Dieu et l'argent ! hors de là, pas de salut ! ...

Nous pourrions presque affirmer que l'argent passait avant Dieu.

M. Chevallier entra le premier en disant très haut :

— Entrez, mesdames ; qui me procure l'honneur de vous voir ?

Mme Constant entra, tenant Jean-Pierre par la main ; la mère Marie suivait, essoufflée.

Il y avait longtemps qu'elle désirait voir l'intérieur de la maison de M. Chevallier, duquel intérieur la mère de Mme Constant lui avait quelquefois parlé.

En voyant le bureau, sa curiosité ne fut qu'à moitié satisfaite.

Cependant M. Chevallier avait pris place à son fauteuil, et, surpris dès l'abord, il avait eu le temps de reprendre sa physionomie ordinaire, c'est-à-dire à la fois souriante et froide.

Mme Constant avait pris une chaise, et la mère Marie une autre ; quant à Jean-Pierre, il regardait à la fenêtre le monde passer.

M. Chevallier fit un geste qui signifiait :

— Parlez, madame, je vous écoute.

Mme Constant devint blanche comme un linceul et commença d'une voix faible :

— Monsieur... (pour elle ce monsieur était tout un monde), monsieur, je viens à vous en dernier ressort vous supplier, non pour moi, mais pour mon enfant.

Deux larmes perlèrent sur les joues de la pauvre femme et sa voix s'éteignit dans un sanglot.

La mère Marie eut un soubresaut, Jean-Pierre se retourna inquiet.

M. Chevallier cligna des yeux, ouvrit un registre devant lui et dit d'une voix calme et presque douce :

— Continuez, madame.

Il avait déjà compris.

— Je viens, poursuivit avec courage Mme Constant, je viens, monsieur, vous rappeler que nous vous sommes reconnaissants de tout ce que vous avez fait pour nous, tant du vivant de ma mère que du vivant de mon pauvre et cher mari...

M. Chevallier eut un mouvement d'émotion.

— Oh ! dit-il, ne rappelez jamais le bien que j'ai pu

faire, je l'ai oublié et n'en espère de récompense qu'au ciel.

Il joignit les mains avec onction et se mit à feuilleter son registre avec ardeur.

Mme Constant n'osait poursuivre.

La mère Marie lui poussa le coude.

— Cré nom ! allez donc, dit-elle tout bas ; si c'était moi !..

Le vieux se retourna.

— Vous dites ? demanda-t-il de son air de fouine.

— Nous disons, dit la mère Marie, que nous venons pour vous parler d'autre chose que du ciel, et que...

— Taisez-vous ! mère Marie, s'écria Mme Constant, c'est à moi de parler ici, et non à vous, tout en vous remerciant de votre assistance.

Ceci fut dit d'un ton hautain, qui imposa à la marchande.

Jean-Pierre était venu se placer entre sa mère et la mère Marie, grave et sérieux comme s'il eût eu quelqu'un à défendre.

M. Chevallier dit alors, en s'adressant à Mme Constant :

— Enfin, madame, que demandez-vous ?

Les joues pâles de la jeune femme se colorèrent subitement. Evidemment un combat se livrait en elle ; elle assemblait ses forces pour une bataille définitive.

— Monsieur, dit-elle, vous connaissiez ma mère ?

— Sans doute, fit M. Chevallier en se retournant vivement ; pauvre chère femme, si je l'ai connue... une excellente et digne femme !

— Vous avez connu mon mari ? reprit la veuve.

— Certainement, ce brave Constant. Pourquoi me dites-vous cela ?

— Tous deux sont morts, monsieur, tous deux sont morts pauvres et m'ont laissée seule avec mon enfant, sans espoir et sans ressources.

— Diable ! diable !

La mère Marie bondissait sur sa chaise.

— Vous êtes le parrain de mon fils, continua Mme Constant, de mon Jean-Pierre que voici.

— Ah ! c'est vrai, fit M. Chevallier, il est devenu fort ; quel âge a-t-il maintenant ?

Mme Constant ne répondit pas à cette demande.

— Monsieur, poursuivit-elle, je suis malade, bien malade ; hier on m'a ramassée dans la rue, mourante ; mon travail à l'aiguille ne peut suffire à l'entretien de mon fils et à notre vie ; je ne puis plus accepter les offrandes de mes voisins ; le médecin ne vient plus, car je ne puis plus le payer ; le boulanger refuse du pain ; les créanciers de mon mari poursuivent le recouvrement de leurs créances... Que faire ? je viens vous le demander...

— A moi ? fit M. Chevallier en tressautant sur son fauteuil, parce que j'ai eu le malheur... pardon l'honneur, si vous voulez, de tenir cet enfant sur les fonts baptismaux ? Mais que voulez-vous que je vous dise, ma chère enfant ? Je n'y puis rien. Sans vous le dire, j'ai vu vos créanciers, ils ne veulent plus attendre... Eh ! mon Dieu, laissez-les faire, ils ont pour eux la loi.

— Je le sais, fit Mme Constant d'une voix plus ferme.

Et, peut-être pour la première fois, un regard de colère passa dans ses yeux bleus.

Il est inutile de dire que la mère Marie bouillait dans son coin ; Jean-Pierre lui-même semblait comprendre ; immobile, il était de marbre.

— Eh bien, alors ?... dit le vieillard, avec un geste qui signifiait :

— Allez-vous-en et laissez-moi !

Mme Constant, plus pâle que jamais, se leva toute droite.

— Monsieur, dit-elle d'une voix forte, voulez-vous me prêter deux cents francs, dont j'ai besoin pour ne pas mourir ?

— Non, fit M. Chevallier, à moins que vous n'avez une garantie.

— Une garantie ! dit la jeune femme.

— Oui, quelqu'un qui réponde pour vous.

— Je réponds ! moi, s'écria la mère Marie.

Le vieux eut un rire sec.

— Je parle sérieusement, dit-il ; vous n'avez personne de solvable, par conséquent je ne puis rien faire pour vous.

Et il se leva, montrant la porte.

La mère Marie était déjà debout. Elle avait compris l'injure qui lui était faite, et elle n'était pas femme à s'en aller sans répondre.

Mais Mme Constant l'arrêta d'un geste.

Puis, digne et solennelle, elle se leva à son tour.

— Jean-Pierre, à genoux ! dit-elle.

Et Jean-Pierre, sans comprendre, se mit à genoux, pensant que c'était pour implorer le crucifix en bois noir.

Mme Constant s'agenouilla à son tour, belle dans ses pauvres vêtements noirs ; elle ressemblait à quelque Madeleine repentante.

— Monsieur, dit-elle d'une voix étranglée par l'émotion, au nom de ma mère, que vous avez aimée, au nom de mon fils qui est de votre sang, faites-nous la charité !

Et elle attendit.

Le moment était solennel et navrant.

Le petit Jean-Pierre pleurait sans savoir pourquoi.

La mère Marie se cachait dans le coin le plus sombre, près de la porte.

M. Chevallier eut un accès de toux ; il fit plusieurs pas en long et en large dans le cabinet, puis enfin il alla à Mme Constant et, lui prenant les mains :

— Chère enfant, dit-il, que faites-vous ? On ne s'agenouille que devant Dieu, car il est le souverain maître de toutes choses. Oh ! que je voudrais avoir un peu de sa puissance, vous seriez bientôt la plus heureuse des femmes ; mais je possède un bien faible débris d s biens de la terre, si faible qu'il est presque impossible d'en disjoindre la plus minime parcelle ; — tou.efois, et pour vous, je vais faire l'impossible.

La mère Marie se rapprocha, Mme Constant se releva avec Jean-Pierre.

M. Chevallier ouvrit un tiroir et, tirant une pièce blanche, il la mit dans la main de la jeune femme.

C'était une pièce de cinq francs !

Mme Constant, toujours calme, regarda la pièce, puis M. Chevallier.

Celui-ci comprit le regard.

— C'est tout ce que je puis faire pour l'instant, dit-il en se détournant.

— Merci, monsieur, fit Mme Constant.

Puis elle alla ouvrir la fenêtre.

— Que faites-vous? demanda le vieillard stupéfait.

La jeune femme lança la pièce sur le pavé du Cloître.

— C'est pour les pauvres ! dit-elle.

M. Chevallier, terrifié, n'osa pas descendre pour reprendre sa pièce.

— Sortons ! dit Mme Constant.

— Ah ! oui, fit la mère Marie, oui, sortons, car si je ne me retenais pas, je lui casserais les pattes, à ce vieux grigou-là... Cré nom ! j'ai envie d'aller conter cela sur le marché.

— Je vous le défends, dit Mme Constant.

— Soit, fit la bonne femme, on fera ce que vous voulez. Voyez-vous, si vous aviez pris les cent sous de ce misérable, je vous en aurais voulu toute ma vie ; mais vous avez été grande et belle, foi de mère Marie ! cré nom !

Elles descendirent l'escalier et se trouvèrent dans le Cloître...

En ce moment les prêtres et les chantres sortaient de l'église, conduisant un mort et chantant :

— *Clamavi ad te, Domine...*

Mme Constant, chancelante, s'appuya sur le bras de la marchande de marée.

— Mère Marie, dit-elle, ce sera bientôt mon tour : promettez-moi de me suivre jusque là-bas, car vous serez peut-être seule... je suis si pauvre !...

— Cré nom ! fit la bonne femme, est-ce que je peux vous abandonner ?

Et, saisissant Mme Constant par la tête, elle l'embrassa trois fois, inondant son doux visage de toutes les larmes de son cœur.

## III

### UN HUISSIER COMME ON EN VOIT PEU

Quinze jours seulement s'étaient écoulés depuis la visite de Mme Constant à M. Chevallier, lorsqu'un matin, malgré les soins de la mère Marie, la jeune femme prit le lit pour ne plus se relever.

Jean-Pierre, avec l'insouciance de son âge, allait chaque matin à l'école primaire et recevait les excellentes leçons de M. Cintrat, alors instituteur, qui distribuait aux gamins de la ville, avec une égale sollicitude, les trésors de la science et les coups de touche.

Jean eût été un bon élève, s'il avait été poussé par des parents aisés. Toutefois, il se tenait dans ceux qui obtiennent toujours des seconds prix, jamais de premiers.

Le pauvre enfant ne pouvait prévoir la mort de sa mère et ne comprenait d'ailleurs pas tout ce qui pouvait en résulter pour lui.

Heureux âge ! où tout est bonheur : le papillon qui vole, le bâton de sucre d'orge, les gros sabots neufs et la vacance du jeudi.

Un jour, un jeudi précisément, un homme noir entra chez Mme Constant, assisté de deux autres personnages.

L'un était son clerc, car l'homme noir était un huissier, le second était le tambour de ville, concierge de la mairie, qui l'assistait ordinairement dans ses opérations.

Mme Constant était assise sur une chaise et cousait des boutons au pantalon de Jean-Pierre, boutons arrachés dans le jeu de la veille.

Il était neuf heures du matin ; un petit fourneau en terre, avec de la braise allumée, chauffait à petit feu deux sous de lait dans une casserole en fer-blanc. C'était, avec deux tartines de pain rôti, le déjeuner de la veuve et de son enfant.

Jean-Pierre (le gourmand) attendait qu'il n'y eût plus beaucoup de feu pour faire rôtir son pain, afin qu'il *grillotât* davantage.

L'entrée des deux hommes vint interrompre ce maigre déjeûner.

— Que voulez-vous ? messieurs, demanda Mme Constant en faisant un effort pour se lever.

L'huissier l'arrêta d'un geste.

— Restez assise, madame ; nous venons pour la créance de M. Camuset.

— Eh ! je ne puis payer, je suis malade et je n'ai même plus mon travail.

— Cela n'est pas notre affaire, madame; ce n'est pas avec des paroles semblables qu'on paye ses dettes et les frais; le jugement rendu contre vous date de six mois, il est exécutoire, je suis obligé d'opérer.

— Je ne comprends pas ! fit la veuve.

— Je viens saisir !

— Ah ! fit-elle; et elle retomba sur sa chaise, serrant contre son cœur Jean-Pierre, comme si elle eût craint qu'on lui prit son enfant.

Elle avait peur à tort : les huissiers ne saisissent pas les enfants, il faudrait les nourrir!

La saisie fut bientôt faite.

L'homme noir dictait à son élève :

— Un petit poêle en fonte et ses tuyaux... »

— Tuyaux... répondit le clerc.

— Deux chandeliers en cuivre, un porte-mouchettes, une petite table ronde en bois blanc, deux chaises paillées, un coucou!...

— Est-ce qu'on nous prend notre coucou, maman ? demanda Jean-Pierre effaré.

— Nous ne prenons rien, dit l'huissier, nous inscrivons, voilà tout.

Et il continua :

— Une commode en noyer à trois tiroirs.

Mme Constant mit ses mains devant ses yeux. C'était la commode de sa mère, un cadeau de M. Chevallier.

M. Chevallier faisait des cadeaux dans ce temps-là.

— Trois lithographies dans leur cadre, un portrait à l'huile...

Mme Constant ne laissa pas achever ; elle se leva, très pâle.

— C'est le portrait de mon mari, dit-elle.

L'huissier eut un sourire d'incrédulité.

— Est-ce bien vrai ? demanda-t-il.

On eût dit que la veuve allait s'élancer sur lui. Elle le regarda avec des yeux qui jetaient des flammes.

L'huissier recula d'un pas et dit à son clerc :

— Passons. Le coucher de la partie saisie réservé, conformément à la loi... qui sont tous les objets trouvés audit domicile.

Les trois hommes signèrent la feuille de papier timbré, la laissèrent sur la table, et, après avoir fait un geste équivalant à un salut, ils descendirent l'escalier rapidement.

En bas, l'huissier dit aux témoins :

— Pas riche ! le client en sera pour ses frais.

— Est-il bon, au moins ? demanda le tambour de ville.

— Parbleu ! est-ce que je marcherais, sans cela !

La saisie portait signification de vente pour le dixième jour, délai légal.

Le huitième jour, l'afficheur colla les affiches.

Mme Constant n'avait rien dit de cette saisie à la mère Marie ; elle avait même défendu à Jean-Pierre d'en parler, car elle pensait bien que la bonne femme aurait fait l'impossible pour éviter l'exécution.

Elle disait en elle-même :

— Je suis condamnée sur terre, mieux vaut une seule que deux !

Et elle attendait en silence.

Cependant le mal faisait des progrès rapides.

La mère Marie avait obtenu pour sa voisine les secours du bureau de bienfaisance.

Pour la première fois depuis quarante ans, la dragonne était entrée chez M. le curé; dame, ça lui avait coûté, mais c'était pour Mme Constant et pour Jean-Pierre !

Elle avait expliqué l'affaire carrément, comme elle disait, et le curé, à son grand étonnement, lui avait tout de suite donné un bon de pain et un bon de viande en lui disant :

— Sapristi ! pourquoi n'êtes-vous pas venue plus tôt ? ma bonne mère; nous donnons ici à un tas de mendiants qui n'ont besoin de rien, tandis que de bonnes gens souffrent.

— Je vais vous dire, fit la mère Marie, je suis chrétienne, mais si peu, si peu...

— Bon, bon, interrompit M. Girard, le curé, les pauvres sont tous de la même religion. Je suis là pour les secourir et ils ne me doivent rien, ni à Dieu non plus.

— Voilà du français que j'entends, dit la mère Marie; si j'avais su !... Pauvre Mme Constant... Venez donc la voir, monsieur le curé.

— Non pas, voyez-vous; si elle est malade, ma robe noire lui ferait peur... Quand on a beaucoup souffert, on a fait le purgatoire ici-bas, on va droit au ciel.

— Cré nom ! s'écria la mère Marie, oubliant qu'elle était dans le presbytère, vous n'êtes pas un curé, vous, vous êtes le roi des hommes !

M. Girard eut un sourire d'une ineffable tendresse.

— Je crois faire mon devoir, dit-il, c'est tout ce que je veux.

La mère Marie hésitait à sortir.

— Comptez sur moi pour la suite, lui dit le curé en se levant.

— Monsieur le curé, dit la vieille femme, il y a quarante ans que je ne viens plus à la messe ; mais, foi de mère Marie, j'y viendrai dimanche pour vous voir !

La marchande fit deux pas dans le corridor.

— A propos, dit M. Girard, apportez-moi donc du poisson tous les vendredis... Vous savez, je suis obligé d'en manger ce jour-là !...

La mère Marie avait bien envie de sauter au cou de M. Girard, mais vrai, elle n'osa pas.

— Cré nom ! murmura-t-elle en s'en allant, si tous les curés étaient comme celui-là, le pape aurait de fières rentes !

Et tous ceux qui ont habité Corbeil depuis cinquante ans étaient et sont de l'avis de la mère Marie.

Pourtant le jour de la vente arriva.

C'était un dimanche. L'huissier qui avait saisi se trouvait malade. Cela arrive aussi aux huissiers, mais dans ce cas ils ont un confrère qui les remplace.

Donc il avait envoyé le dossier dès le matin à M. Brunet pour faire le récolement et la vente.

M. Brunet se présenta vers dix heures du matin pour récoler, c'est-à-dire pour constater que les objets saisis étaient toujours en leur lieu et place.

Pour éviter un esclandre, il se présenta seul.

Mme Constant ne se levait plus.

Jean-Pierre était à la messe, avec la mère Marie, qui avait tenu à honneur de se montrer à M. le curé.

C'était la première fois depuis son mariage ; aussi elle disait avec raison que ce qu'elle entendait était du latin pour elle.

M. Brunet frappa à la porte de la mansarde, et une voix faible répondit :

— Entrez !

2

Il entra.

Croyant s'être trompé de porte, en voyant le pauvre ménage de la veuve, il demanda :

— C'est ici madame veuve Constant ?

— Oui, monsieur, c'est moi.

— Ah ! fit l'huissier, et ce : ah ! était tout un poëme.

D'un coup d'œil il avait évalué tout le mobilier à trente francs ; il avait vu la femme mourante, il avait aspiré cette misère homicide et il s'était demandé s'il ne devait pas sortir au plus vite.

Son confrère lui avait donné là une singulière besogne.

La veuve le regardait avec de grands yeux étonnés et interrogateurs.

— Voici, dit-il ; je suis venu sur l'avis du conseil municipal.

— Pour quoi faire ? demanda Mme Constant.

— Mais pour vous soigner... je suis médecin.

La jeune femme eut un triste sourire.

— Non, dit-elle, vous n'êtes pas le médecin des pauvres ; je le connais et je vous connais aussi : vous êtes monsieur Brunet et vous venez pour vendre mes meubles.

— Je vois, fit l'huissier, que je ne puis vous tromper ; cependant je ne suis pas venu pour vendre, rassurez-vous. Mon confrère est malade et il m'a chargé de le remplacer... s'il y a lieu, ajouta-t-il en soulignant ces derniers mots.

— Eh bien ? interrogea la malade.

— Eh bien ! reprit l'huissier, votre créancier attendra que vous soyez remise, madame, les poursuites sont suspendues.

— Hélas ! dit la veuve, il attendra toujours, alors.

L'huissier n'était pas à son aise, il aurait bien voulu s'en aller ; une idée lui vint.

— Ayez confiance, dit-il vivement, il y a encore de

bonnes gens sur la terre, et la preuve, tenez, c'est que mon requérant m'a chargé de vous remettre ce faible secours en attendant mieux.

Et M. Brunet posa une pièce de cinq francs sur la commode et sortit sans attendre un remerciement.

Ces cinq francs étaient du même poids que ceux de M. Chevallier, mais combien ils valaient davantage !

En descendant l'escalier, l'huissier se disait :

— Si je faisais souvent des opérations comme celle-ci, je ne vendrais pas mon étude bien cher.

Une semaine se passa encore et, malgré les soins de la mère Marie et les dons qui venaient de toutes parts, Mme Constant, atteinte dans sa santé, dans son amour pour son mari, était condamnée avant l'âge.

Un soir de la semaine suivante, elle fit demander la marchande par Jean-Pierre.

La bonne femme, qui était allée se reposer un peu, s'éveilla en sursaut et accourut.

Mme Constant semblait transfigurée.

Assise sur son lit, le regard animé, les yeux vers le ciel, elle semblait déjà causer avec les anges, ses frères.

La mère Marie, près du lit, n'osant l'interroger, la regardait.

Jean-Pierre, immobile près de la vieille femme, sentait que quelque chose de grand et de terrible allait s'accomplir.

La mort, dont il avait entendu parler sans comprendre, la mort était là qui guettait sa proie.

— Mère Marie, dit Mme Constant d'une voix solennelle, je vais mourir.

La vieille fit un mouvement, elle aurait voulu parler ; mais la voix s'éteignit dans son gosier, elle ne put articuler une syllabe.

La mourante continua :

— M. Chevallier est mon père et le grand-père de

de mon fils. Lorsqu'il en sera temps, je vous charge de
le lui rappeler.

— Bien ! fit seulement la marchande.

— Maintenant, dit faiblement Mme Constant, je voudrais embrasser mon enfant.

La mère Marie, tout en sanglotant, enleva le petit dans
ses bras robustes et le posa à genoux sur le lit.

La veuve prit la tête blonde de celui qui allait être
orphelin, dans ses deux mains débiles, et posa un long
baiser sur ses cheveux.

Puis elle retomba lentement sur l'oreiller.

Elle était morte !

Le lendemain, la mère Marie alla chez M. Chevallier
pour lui faire part de l'évènement et lui demander ce
qu'il ferait de Jean-Pierre.

M. Chevallier était parti pour une de ses propriétés
d'Etampes, et l'on pensait qu'il ne reviendrait pas à
Corbeil.

Après l'enterrement, les voisins qui avaient conduit
la défunte à sa dernière demeure s'apitoyèrent sur le
sur le sort de l'orphelin.

Chacun le proposait à l'autre, mais personne ne
voulait, et disons-le, ne pouvait se charger d'un pareil
fardeau.

C'est alors qu'au milieu de cette discussion la mère
Marie, s'élança, bousculant tout le monde.

— Cré nom ! s'écria-t-elle, je suis veuve, j'ai soixante
ans, il ne sera pas dit que le petit mourra de faim ;
je l'adopte, moi !

Et prenant Jean-Pierre dans ses bras, elle l'emporta
triomphalement chez elle.

Tout Corbeil applaudit à la belle action de la marchande, — probablement parce que tout Corbeil n'en
aurait pas fait autant.

# IV

## LA PREMIÈRE IDÉE DE JEAN-PIERRE

Le fils adoptif de la mère Marie venait d'atteindre sa douzième année ; il avait fait sa première communion et avait terminé ses études primaires.

Une grave question s'agitait. Il s'agissait de savoir quel métier choisirait Jean-Pierre.

Depuis des années déjà, les voisines avaient émis l'idée d'envoyer l'enfant à la « Fabrique ». Dame ! avec les fileurs il aurait gagné dix sous par jour, et ensuite quinze et vingt sous.

Ce surcroît de recette n'était pas à dédaigner pour la mère Marie, mais elle répondait invariablement :

— Jean-Pierre travaillera à son tour, et à l'âge voulu je veux qu'il apprenne et qu'il s'amuse !

Et rien, pas même la gêne, n'avait pu la faire changer d'idée.

Cette fois l'enfant avait douze ans. C'est un âge raisonnable pour les fils des pauvres, et Jean-Pierre était bien le fils de tous les pauvres réunis.

On parla donc sérieusement de lui donner un état.

Et les plus proches voisins s'assemblèrent.

M. Subert, qui était menuisier, proposa de le prendre comme apprenti pendant cinq ans.

— Cinq ans sans rien gagner ! dit Jean-Pierre, pour qui cinq ans semblaient une éternité, cinq ans sans apporter des pièces blanches à maman Marie ! C'est trop long, je ne veux pas être menuisier.

On passa en revue six ou huit professions ; mais, à quelques mois près, il fallait toujours un long abandon de temps, puisque l'enfant n'avait pas de quoi payer son apprentissage.

2.

Alors on parla de la Fabrique, mais le petit refusa nettement.

— C'est là qu'est mort mon père, disait-il.

La mère Marie aurait volontiers consenti à ce qu'il fût serrurier, maçon, peintre ou de quelque autre métier du bâtiment ; tout état, disait-elle avec raison, fait vivre son maître ; mais Jean-Pierre était entêté comme un mulet, il refusa toutes les propositions.

Aussi, ceux qui s'étaient occupés de lui l'abandonnèrent en disant :

— Ce petit-là est un paresseux, il ne fera jamais rien !

— La mère Marie l'a trop gâté, disait un autre.

— Ah ! oui, lorsqu'on perd sa mère, on perd la plus belle fleur de son jardin, ajoutait un troisième.

C'était un véritable concert de fâcheuses prophéties.

La mère Marie, un peu inquiète, soutenait son enfant d'adoption.

Elle murmurait le mot de toutes les mères :

— Il est si jeune ! nous avons bien le temps !

Jean-Pierre laissait dire ; il avait son idée.

Un soir que la bonne femme revenait sur le sujet de son avenir, sujet rebattu, mais jamais épuisé, Jean-Pierre alla l'embrasser et lui dit :

— Maman Marie, j'ai choisi un état.

— Ah ! enfin, fit-elle, soulagée d'un grand poids, et lequel ?

— Je ne veux pas te le dire tout de suite, dit l'enfant.

— Pourquoi cela ?

— Il faut que je l'essaye avant.

— Que veut dire cet enfantillage ?

Jean-Pierre répondit très sérieusement :

— Je ne joue pas en te disant cela ; non, vois-tu, depuis que je sais qu'il faut travailler, j'ai réfléchi.

La mère Marie ne put s'empêcher de sourire.

— Je me suis dit que toi, mère Marie, qui es vieille, tu ne pourrais pas travailler bien longtemps.

— Oh ! je porte encore bien ma hotte.

— Oui, mais si tu gagnais autant et même plus en ayant une place au marché et en vendant des poissons qui ne te coûteraient rien ? Qu'est-ce que tu dis de cela ?

La bonne femme ouvrait de grands yeux. Elle se demandait si Jean-Pierre avait toute sa raison.

— Je suis certain de mon affaire, reprit le petit. Il y a cinq ans que maman Constant est morte et que tu me nourris, parce que tu le veux bien. A présent je suis grand, c'est à mon tour de te rendre ce que je te dois.

— Tu es encore trop jeune, mon mignon ; à douze ans on ne gagne pas le pain d'un ménage.

L'enfant eut un geste superbe.

— Je le gagnerai, moi !

— Mais que veux-tu faire ? Comment t'y prendras-tu ?

— Je te demande le secret pour quelques jours... oh ! trois jours seulement ; c'est aujourd'hui jeudi, dimanche tu sauras tout.

— Puisque tu le veux', fit la vieille femme, qui ne savait pas résister longtemps à son Jean-Pierre, j'attendrai.

— Bon, fit le petit en battant des mains, mais ce n'est pas tout.

— Qu'y a-t-il encore ? demanda la mère, redevenant inquiète.

— C'est là le plus difficile.

— Ah ! mon Dieu !

— Il faut que, pendant ces trois jours-là, tu me laisses sortir de bonne heure et même la nuit, s'il le faut.

— Doux Jésus ! s'écria la mère Marie, la nuit dehors à ton âge ! Mais tu veux donc me faire mourir de frayeur ?

— D'abord, dit Jean-Pierre en la câlinant, il n'y a pas de danger ; ensuite nous sommes en été, et je n'aurai pas froid ; tu peux être tout à fait tranquille, il ne m'arrivera rien. Hein ! c'est convenu ?...

La mère Marie regarda son enfant; il avait l'air si résolu, si sûr de lui, qu'après quelques réticences elle finit par dire :

— Je ne dis pas non, mais quand commenceras-tu ?

— Cette nuit, dit Jean-Pierre rayonnant.

Et il posa deux bons gros baisers sur les joues ridées de la marchande, pour la payer de son consentement.

Ce soir-là, Jean-Pierre ne dormit guère, et sa mère adoptive ne dormit pas du tout.

Vers une heure du matin, elle entendit l'enfant sauter de son lit, dans le petit cabinet qui lui servait de chambre à coucher.

— Il se lève, dit-elle, il s'habille, où diable peut-il aller ?

La toilette de Jean-Pierre ne fut pas longue ; il remua comme des balles de plomb, puis, ouvrant la petite porte qui donnait sur le corridor, il descendit rapidement l'escalier et se trouva bientôt dehors.

La vieille mère avait bien envie de se lever et de suivre l'enfant, mais un sentiment secret la retint.

— J'ai accordé la permission, se dit-elle, je dois attendre. L'enfant est brave, il arrivera ce qu'il pourra.

Et elle attendit sans fermer l'œil.

Allons avec Jean-Pierre.

Il suit la rue du Quatorze-Juillet, non du côté de la ville, mais du côté des Marines, lieu dit le *Tremblay*.

Il est chargé, et pourtant il marche vite.

Ah ! il est content.

S'il faisait plus de clarté, vous pourriez voir sur son épaule gauche six *verveux* et à sa main droite une *trouble*.

Si vous êtes pêcheur, vous avez compris. Jean-Pierre va prendre du poisson pour sa bonne mère Marie.

Il quitte la rue du Tremblay et, longeant les murs, il descend le bord des Marines.

Ce qu'on nomme *les Marines* est, en aval de Corbeil, une portion de la Seine pleine d'herbes où, dans l'eau peu profonde, se réfugient mesdames les carpes, mesdemoiselles les brèmes et messieurs les gardons, tous poissons fort tranquilles de leur naturel et aimant les eaux dormantes.

Jean-Pierre connaissait cela, et plus d'une fois il avait pris à la main, dans les trous, plusieurs carpes qui, vendues chez Aublet, le pâtissier, lui avaient été payées en gâteaux.

Mais ce n'était plus de gâteaux ni de friandises qu'il s'agissait.

Jean-Pierre se croyait un homme et voulait travailler.

A force d'économie, il avait pu acheter du fil ; et, lorsque sa maman Marie le croyait à jouer, il faisait du filet.

Il avait fait ainsi six verveux et cette splendide *troublette* de laquelle il espérait tant.

On était au dernier quartier, la nuit était noire. C'était une heureuse chance pour n'être pas vu, mais une mauvaise pour se diriger.

Et puis, disons tout de suite que Jean-Pierre ignorait qu'il fût en contravention.

Il avait bien entendu parler de garde-pêche et de lois ; mais, comme tous les autres gamins, il croyait à un simple épouvantail.

L'air était chaud, une faible brise soufflait dans le visage du jeune pêcheur, amenant les senteurs des prés prêts à être fauchés.

Par place, un bond prodigieux troublait l'ordre et le bruit murmurant de l'eau qui coulait tranquillement sur son lit de gravier.

C'était un gros poisson qui chassait.

Le calme était au ciel et dans l'air ; le drame était sur le bord, en la personne de Jean-Pierre, et dans l'élément liquide, en la personne de quelque brochet ou de tout autre ichthyophage aquatique.

L'enfant était arrivé sur le bord du fleuve. Il prit son temps, et, dans une touffe près de laquelle flottait un papier blanc, il plongea la main et tira successivement six bâtons de deux mètres environ de longueur.

Puis, avec une adresse et une dextérité de singe, il fixa chacun de ses verveux au bout de chacun des bâtons.

Ceci fait, il fallait poser les filets dans la rivière. Les pêcheurs pour cela, se servent d'un bateau, mais Jean-Pierre n'avait pas le moyen d'en avoir un.

Oh ! il avait prévu le cas.

Un bachot, cela lui importait peu. D'abord, il nageait comme tous les enfants de Corbeil, c'est-à-dire comme un poisson.

Dans la journée, il avait posé six papiers blancs sur le bord, dans les joncs, en face des places où il avait remarqué des goulets propres au passage du poisson et par conséquent à la pose de ses outils.

Le cœur lui battait ; il s'agissait d'un début.

Quelle chance et quelle joie, si le lendemain la mère Marie avait pu aller au marché avec du poisson qui ne coûtait rien !

Les six verveux préparés, les six places reconnues, l'enfant ôta ses souliers, enleva sa blouse, son pantalon et sa chemise, ce qui d'ailleurs constituait tout son costume, et, un verveux à la main, il s'avança dans la Seine.

Il savait que l'eau atteignait à peine un mètre et qu'il ne courait aucun danger ; et puis, nous l'avons dit, il savait nager.

En moins de vingt minutes, les six verveux furent tendus et bien tendus, dans toutes les règles de l'art.

L'envergure était grande ouverte, et les goulets ne faisaient aucun pli.

Les carpes n'avaient qu'à entrer.

Tout à coup il entendit un bruit, à la fois sec et intense, quelque chose comme un coup, qui lui fit dresser les cheveux sur la tête.

Il regarda sur l'eau avec ses yeux de douze ans, et il vit une ombre qui glissait à quelques mètres devant lui, au courant du fleuve.

— C'est sans doute le père Bachelard qui jette l'épervier, se dit-il.

Et sans comprendre, instinctivement, il se dissimula à plat ventre derrière les hautes herbes qui garnissaient le bord des Marines.

Cinq minutes s'écoulèrent, durant lesquelles il entendit un second coup d'épervier, puis un juron.

— Tonnerre de chien, dit la voix, qui diable a fourré des verveux sur mes coups d'amorces ? Ça ne peut être que cet animal de Xavier; il me le payera !

Jean-Pierre se dissimulait de plus en plus

Il aurait bien voulu être rhabillé pour se sauver.

Il entendit le pêcheur de nuit grommeler encore une fois ou deux, puis il n'entendit plus rien.

Alors, il se releva. Le contact de l'eau et de la terre humide avait refroidi son corps. Pourtant il ne devait pas remettre ses effets avant de relever ses verveux, et le jour ne paraissait pas encore.

C'était le moment de s'échauffer en faisant travailler la troublette.

Cet ustensile, muni d'un long manche, se posait devant les égouts ou les trous, et, au moyen d'un bâton, on chassait le poisson qui, effaré, se jetait dans le filet.

Dans les eaux troubles, on prend ainsi de beaux poissons; de là le nom de troublette donné à ce filet.

Jean-Pierre trima pendant une bonne heure ; mais les eaux étaient claires et calmes, et sa troublette fut mouillée pour le roi de Prusse.

Un commencement de clarté, qui se levait sur Saint-Germain-lès-Corbeil, lui fit comprendre qu'il était temps de retourner à ses verveux.

Il lui fallait un quart d'heure pour les relever, cinq minutes pour s'habiller, un autre quart d'heure pour rapporter sa pêche à la maison, et alors il ferait grand jour, ce qu'il fallait éviter autant que possible.

Il cacha sa troublette dans un arbre du parc du Tremblay, puis revint à ses verveux.

Rien n'avait bougé.

Il explora la rivière du regard, et son œil subtil ne découvrit rien qui pût lui porter ombrage.

Palpitant et plein d'espoir, il rentra dans l'eau.

Il leva son premier verveux et sentit remuer.

Il eut un tremblement de joie. Un poisson, un gros, sans doute, était pris. Enfin, son rêve devenait une réalité !

Le visage radieux de sa mère Marie passa devant ses yeux ; il eut comme un éblouissement.

Toutefois, il enleva vaillamment le filet et constata la présence d'une brème qui pouvait peser une livre.

Il porta triomphalement ce premier prisonnier à bord, à côté de ses effets.

Revenu à l'eau, il releva successivement deux verveux sans rien prendre... Mais la première brème lui avait donné courage.

Dans le cinquième verveux, il y avait une dizaine de gardons, de la *fritaille*, comme disait Jean-Pierre.

Enfin il releva le sixième. Ah ! pour le coup, il sentit une belle touche. Il enleva le filet avec précipitation et comme il tirait à bord il entendit, avec un bonheur indicible, de forts coups de queue battre l'eau.

Il ne s'était pas trompé, il tenait une carpe.

Joyeux, il enleva ses bâtons de verveux, les replaça derrière sa touffe de roseaux, s'habilla à la hâte, chargea sur son épaule ses filets garnis de leurs poissons, et prit vivement le chemin de la rue du Quatorze-Juillet.

Mais, au détour du mur, il se trouva face à face avec deux hommes.

Il s'arrêta, interdit, stupéfié.

L'un, c'était le garde-pêche, l'autre, M. Durand le terrible fermier.

— Ah ! ah ! fit M. Durand, grand et fort homme de quarante ans environ, voilà donc notre petit voleur de poisson !

— Je dresse procès-verbal, fit sentencieusement le garde-pêche.

— Fort bien, dit M. Durand.

Puis, s'adressant à Jean-Pierre :

— Qui es-tu ? lui demanda-t-il.

Jean-Pierre ne savait pas mentir.

— Constant, dit-il d'une voix faible, le fils à la mère Marie.

Et deux larmes vinrent mouiller ses yeux.

Pour qui étaient ces larmes ? Nul n'aurait pu le dire. Est-ce qu'il comprenait que ses chers filets allaient être confisqués ? Était-ce la perte de son poisson, le premier qu'il eût pris ? Était-ce le désespoir de n'avoir pas réussi dans son unique désir ?

Nous croyons qu'il y avait un peu de tout cela.

M. Durand réfléchissait.

Au bout d'une minute, il dit :

— Cet enfant est connu, laissez-le aller ; seulement, ajouta-t-il sévèrement, trouve-toi, avec ta mère, ce matin à neuf heures à mon bureau, sinon je t'enverrai les gendarmes !

La première idée de Jean-Pierre était-elle vraiment mauvaise ?

C'est ce que nous saurons bientôt.

## V

### LE PREMIER COUP D'ÉPERVIER

Jean-Pierre rentra chez lui tout penaud.

C'était un véritable guignon, dès le début. Comment sortirait-il de là ? que dirait-il à la bonne femme ?

On aurait été embarrassé à moins.

Il fut bientôt arrivé à la maison ; d'abord il mit vivement ses poissons dans un baquet plein d'eau, la plupart vivaient encore ; puis il cacha ses filets : c'était toujours autant de sauvé.

La mère Marie l'avait entendu. Elle était levée et s'apprêtait à aller installer sa hotte sur le marché, avec le poisson reçu la veille de Paris.

— Ah ! dit-elle, te voilà donc ?

— Oui, fit le petit en cherchant à paraître gai...

— Eh bien ! qu'as-tu fait de bon, cette nuit ?

— Oh ! pas grand'chose, dit-il, mais pour la première fois, je n'ai pas trop à me plaindre ; viens voir.

Et il mena la vieille devant le baquet, non sans un grain d'orgueil.

— Bon Dieu, fit la mère, voilà une carpe qui vaut bien quarante sous ; où as-tu pris cela ?

— Dans la Seine.

— Mais avec quoi ?

— Avec mes filets.

— Tes filets !... Qui donc t'a prêté des engins ?

— Je les ai faits moi-même, répondit fièrement le petit. Oh ! tu croyais donc que je ne travaillais pas. Je ne suis pas un paresseux, comme ils disent tous, maman Marie ; je veux être pêcheur pour toi, et je le serai.

La brave femme n'en revenait pas.

— Mais c'est qu'il y a des gardons aussi et une brème... je ferai trois francs de tout cela !

— Et j'arriverai bien à faire cent sous, et même plus, reprit l'enfant, quand j'aurai d'autres outils.

La mère Marie fut frappée tout à coup d'une pensée qui renversa toute sa joie.

— Tout ça c'est bien, dit-elle ; mais pour pêcher il faut une permission, il faut un bateau, des éperviers, et cela coûte beaucoup d'argent ! Autrement, c'est du poisson volé, et je ne mange pas de ce pain-là.

Jean-Pierre devint rouge comme une cerise.

— J'aurai tout cela ! répondit-il résolûment. Dès aujourd'hui je vais voir le garde et le fermier.

— Le fermier, c'est, je crois...

— Je le connais, interrompit vivement Jean-Pierre, qui songeait à la rencontre qu'il venait de faire ; j'ai rendez-vous avec lui.

Il n'osa pas raconter à sa mère adoptive ce qui venait de lui arriver, car elle n'aurait pas voulu vendre ses poissons.

Il se sentait d'ailleurs plein de courage pour affronter seul la tempête qu'il ne pouvait éviter.

La mère Marie s'en alla joyeuse à son marché, pendant que Jean-Pierre se dirigeait, non sans inquiétude, vers la rue de la Pêcherie, où demeurait le redoutable fermier.

Neuf heures sonnèrent.

Le cœur lui battait fort ; cependant il entra.

Le fermier habitait un rez-de-chaussée propret, qui parut élégant à Jean-Pierre, à côté de sa mansarde.

M. Durand était dans la salle à manger, occupé à casser la croûte en sablant une bouteille de vin blanc. Il riait bruyamment.

De grosses voix lui faisaient chorus.

Jean-Pierre se demanda s'il devait avancer ou se sauver. Une sueur froide lui parcourut le corps ; mais il songea aux gendarmes, à sa mère qui vendait sa pêche, et, presque étourdi, il mit la main sur le bouton de la porte.

— Qui est là? demanda le fermier.

L'enfant ne répondit pas; il tourna le bouton, fit un pas et se trouva devant son juge.

— Ah! ah! c'est toi, fit M. Durand; allons, entre et ferme la porte. Où est ta mère?

M. Durand avait la voix rude, mais Jean-Pierre comprit que, derrière cette apparence brutale, il n'y avait pas un bien grand courroux.

Il fit un effort et répondit :

— Ma mère Marie est au marché, elle ne peut venir que tantôt; alors je suis venu seul.

— C'est juste! il ne faut pas qu'elle perde sa vente, elle en a besoin pour élever un petit voleur comme toi.

Jean-Pierre rougit et se redressa comme un cheval qui reçoit un coup de fouet.

— Je ne suis pas un voleur! dit-il.

— Tiens, fit le garde, qu'est-ce que tu es, alors?

— Je veux devenir pêcheur, continua l'enfant d'une voix plus forte, pour venir en aide à celle qui a pris pitié de moi.

— Ça, ce n'est pas mal, fit le fermier, mais il ne faut pas prendre le poisson des autres.

— Je ne savais pas, dit franchement Jean-Pierre, je vous jure que c'est la première fois...

— Où as-tu pris les verveux que tu portais ce matin?

— C'est moi qui les ai faits.

— Ah! tu fais le filet...

— Oui, dit Jean-Pierre, et je veux acheter un bateau et vous payer une permission.

— Bon, bon, fit le fermier un peu radouci, tout cela est bien; mais il y a à l'exécution de ton projet un petit empêchement. Quel âge as-tu?...

— Douze ans et demi, répondit Jean-Pierre, en se haussant pour paraître plus grand.

— Eh bien! mon garçon, il m'est défendu de confier une permission de pêche à un enfant de ton âge. Tu dois le comprendre... tu ne saurais pas même le conduire, et dans les eaux fortes tu serais bientôt emporté, toi et ton bachot.

Jean-Pierre allait protester, lorsque la porte s'ouvrit et qu'une petite fille de dix ans, brune, avec de grands yeux noirs, déjà jolie comme une petite femme, entra.

Jean-Pierre la regarda et resta la bouche ouverte, sans pouvoir dire un mot.

La jeune fille alla sauter sur les genoux du fermier de pêche et lui jeta ses bras mignons autour du cou.

— Bonjour, petit père, dit-elle; comme tu grondes fort ce matin! Est-ce que tu n'as pas pris de poisson?

— Si fait, bichette, répondit M. Durand en adoucissant sa voix et en baisant la fillette au front, si fait, je t'ai même apporté une petite tanche pour mettre dans ton bocal avec tes deux goujons.

— Est-ce qu'ils feront des petits? demanda la petite en battant des mains.

— Parbleu! répondit le fermier en éclatant de rire.

A ce moment, mademoiselle Jenny, c'était son nom, aperçut Jean-Pierre.

— Tiens, un petit garçon que je ne connais pas, dit-elle; il n'est pas de la Pêcherie.

— Non, dit le père, il est du Faubourg.

— Qu'est-ce qu'il vient faire ici?

— Je te vais dire. Il a pêché cette nuit sans permission, et le garde lui a fait un procès-verbal.

— Oh! dit la petite fille, je ne veux pas qu'il aille en prison, moi; il n'a pas l'air méchant.

Jean-Pierre envoya à Jenny un regard si chargé de reconnaissance, que la petite, sans savoir pourquoi, baissa les yeux.

— Ah! si tu prends sa défense, fit M. Durand, on se contentera d'une amende.

— Je n'ai rien pour payer, fit Jean-Pierre d'une voix navrée; attendez que je travaille, et je vous donnerai tout ce que vous voudrez.

— Tu vois, dit Jenny en câlinant son père, il n'a pas d'argent. Puis, suivant une idée qui lui vint subitement :

— Les poissons ne sont donc pas à tout le monde?

— Mais non, mon enfant, ils sont à moi, parce que je paie pour cela.

— Ah! c'est égal, je ne veux pas qu'on fasse de peine à mon camarade... Je veux qu'il vienne jouer avec moi..., n'est-ce pas? petit père.

— Oui, oui, dit M. Durand. Allons, toi, gaillard, tu en es quitte à bon marché, grâce à Jenny; va-t'en, et ne recommence plus!...

Jean-Pierre fit un geste de remercîment, mais il paraissait contrarié de sa grâce.

— Eh bien! qu'attends-tu?

Il tournait sa casquette dans ses mains.

— C'est que, dit-il, je ne pourrai jamais rester jusqu'à ce que je sois grand sans travailler; ma mère Marie est vieille et nous ne sommes pas riches.

— Fais autre chose, prends un métier.

— Je sens que je ne peux être que pêcheur!

M. Durand était un bon homme au fond; et puis, ce matin-là il était de bonne humeur; la pêche avait été fructueuse.

— Ecoute, dit-il, je le fais pour ta mère, qui est une brave femme et qui a fait une belle action en l'élevant...

— Vous permettez!... s'écria Jean-Pierre.

— Oui, mais à une condition, c'est que tu ne poseras pas tes outils sur mes amorces.

— Soyez tranquille, monsieur, ah! merci, merci...

Il ne savait comment exprimer sa joie et sa reconnaissance.

Le fermier souriait en regardant sa petite Jenny.

— Voyons, dit-il, garçon, viens trinquer avec moi à la réussite de ton premier coup d'épervier.

Jean-Pierre buvait du vin pour la première fois de sa

vie. Il choqua son verre contre celui du fermier et celui du garde d'un air de triomphe et avala le liquide d'un trait.

— Bravo! dit M. Durand; à présent tu es sacré pêcheur. Je ne crois pas me tromper en disant que tu seras un fameux luron.

Jean-Pierre salua la compagnie, non sans rougir un peu en regardant Jenny, et, presque étourdi par le verre de vin blanc, il s'élança joyeux sur le quai.

En cinq minutes, il fut au marché.

La mère Marie avait vendu toute sa marchandise.

— J'ai la permission, dit Jean-Pierre. Mère, tu peux louer une place comme les autres, je te fournirai du poisson.

Toutes les nuits de cet été les verveux marchèrent plus ou moins bien, puis Jean-Pierre alla chez le vannier apprendre à travailler l'osier et fit des nasses.

Il acheta du fil de Bretagne et commença un épervier.

L'hiver lui donna un peu de répit; il fit un épervier dru pour les goujons et la friture et un épervier clair, c'est-à-dire à grandes mailles, pour le gros.

Bref, l'année suivante, après le frai, il était équipé pour commencer la grande pêche.

Il n'avait pas encore de bateau à lui, mais il avait emprunté celui d'un bourgeois auquel il donnait de temps en temps un ou deux poissons comme échange.

Durant les deux mois du frai, il s'était exercé deux heures par jour à lancer l'épervier sur l'herbe, pas son filet neuf, mais un vieux qu'un pêcheur lui avait donné pour servir de modèle à la fabrication des siens.

Enfin, le 1er juin tant attendu arriva.

Jean-Pierre devait, ce jour-là, jeter son premier coup d'épervier.

Depuis un an qu'il se livrait au rude métier de pêcheur, il avait grandi et *enforcé* d'une façon surprenante.

Beaucoup plus grand que les enfants de son âge, le teint coloré, le cou nu, à la manière des marins, il avait vraiment bon air, debout à l'arrière de son bateau, le filet sur le bras gauche, la poignée dans la main droite, enveloppé dans les mailles depuis l'épaule jusqu'aux pieds.

Ne voulant pas perdre une minute de cette belle journée, il se leva avant le jour et força, pour ainsi dire, la mère Marie à l'accompagner.

— Mais, je ne sais pas mener le bateau! disait la vieille femme.

— Tu le tiendras seulement, je te montrerai; tu n'auras qu'à *dénager* en descendant le courant.

Au fond, elle n'était pas fâchée de le voir à l'œuvre. Elle consentit, pour une fois seulement.

Jean-Pierre mit les deux éperviers sur son épaule, et partit aussi légèrement que s'il n'avait pas eu quarante livres pesant sur le dos...

La mère Marie portait seulement la puisette pour prendre le poisson dans l'étui du bateau.

La veille au soir, Jean-Pierre avait amené le bateau tout près de chez lui, au port de la Gargouille; et il avait, à la nuit tombante, préparé dix coups d'amorce le long des quais où se trouvent les moulins Darblay, endroit où le poisson se tient de préférence, à cause des bateaux de blé qui y abordent constamment, non sans laisser tomber des grains à l'eau.

Le bateau, qui était une chalande d'un genre alors nouveau, glissa rapidement sur la Seine, guidé par la main exercée de Jean-Pierre, et il se trouva bientôt à l'autre bord.

Alors Jean-Pierre plaça le bateau à vingt mètres au-dessus de son premier coup, la tête en amont et confia les avirons à la mère Marie, en lui recommandant de laisser glisser sans rien faire.

C'était bien facile.

3.

Pendant la minute que le bateau mit à descendre jusqu'au premier bouchon d'herbe qui indiquait le coup, Jean-Pierre avait paré son épervier. Debout sur l'arrière, et en position, le corps penché en avant, le cœur palpitant, il attendit qu'il fût sur l'amorce.

Alors, balançant son épervier, puis, lui imprimant un mouvement sec et vigoureux, il lâcha tout.

Le coup était lancé si fort qu'il arriva à bout de *trempi*, et manqua de l'entraîner par le poignet, auquel ce trempi était fixé par un nœud coulant.

Il se retourna vers la bonne femme, d'un air de triomphe.

— Bien jeté, dit-elle.

Et, de fait, l'épervier s'était arrondi vivement et il était tombé sur l'eau d'un seul coup, tous les plombs ensemble.

Jean-Pierre laissa le bateau dépasser le filet ; puis, tirant la corde, il se mit en devoir de fermer l'épervier.

Tout à coup, il fit un mouvement brusque.

— Qu'y a-t-il ? demanda la mère, toujours un peu inquiète.

— Il y a, dit Jean-Pierre visiblement ému, il y a *du monde au balcon*, et du grand monde, si j'en crois les touches.

Du monde au balcon, en termes de pêcheur, veut dire : du poisson dans le filet.

— Ramène doucement, dit la mère Marie, j'ai entendu dire que le poisson devait se prendre tout seul.

Mais Jean-Pierre ne l'entendait pas. Il était à sa première bataille, tout à l'action.

Le poisson bondit dans la coiffe avec une vigueur surprenante ; l'enfant recula même d'un pas, mais il ne lâcha pas prise.

Il le sentit courir dans l'épervier, puis se fixer dans une bourse.

Alors, il respira.

— C'est un brochet, dit-il en tirant doucement l'épervier.

Il avait remonté toute la corde, et le filet sortait de l'eau. Il l'amena en le tordant minutieusement, puis le filet remonta.

Rien ne bougeait plus.

Jean-Pierre sentit la sueur lui couler du front. Aurait-il laissé échapper le poisson? Cela était arrivé à de plus malins que lui.

La coiffe sortie de l'eau, il mit la main au fil double qui commence les bourses. Alors, un violent coup de queue lui apprit que le poisson était capturé.

Ah! dame! il enleva rapidement le filet et déposa le tout dans le bateau.

La mère et l'enfant restèrent en extase devant ce monstre aquatique. C'était bien un brochet, mais un brochet qui mesurait un mètre de long et qui pesait dans les environs de quinze livres.

Il y avait, avec ce géant de la Seine, une pauvre chevenne d'une livre environ. Jean-Pierre l'envoya dans l'étui, sans même lui faire l'honneur d'un coup d'œil.

Mais l'embarras était de mettre le brochet dans la boutique (autre nom de l'étui).

Il est vrai que le brochet se laisse facilement dompter lorsqu'il n'a pu briser ses liens aux premiers coups; toutefois, il est prudent de se méfier de ses bonds.

Jean-Pierre attacha provisoirement son bateau à bord, puis il mit l'épervier sur l'ouverture de la boutique et, l'ouvrant par dessous, il laissa tomber l'animal dans son élément..., mais prisonnier.

La pêche fut ordinaire cependant, à l'exception de cette pièce importante.

Rentré de bonne heure à la maison, Jean-Pierre pria la mère Marie de faire un bout de toilette; lui-même mit une blouse propre et il courut chercher son brochet.

La mère Marie ne fit pas une objection.

Elle avait compris.

Comme neuf heures du matin sonnaient, la mère et l'enfant, portant un grand panier couvert d'une serviette blanche, se présentaient à la porte de la petite maison du quai de la Pêcherie, habitée par le fermier de la pêche.

M. Durand, entouré de tous ses permissionnaires et de son garde, fêtait l'ouverture de la saison en buvant le vin blanc traditionnel. C'était un petit vin qu'il récoltait lui-même, sur la côte de Saintry, vin renommé dans le pays comme celui de Beaune en Bourgogne. Mme Durand et Mlle Jenny, pour ce jour-là, étaient à table aux côtés de M. Durand.

— Ah ! ah ! fit le fermier, te voilà, garçon, vous aussi la mère, ajouta-t-il en apercevant Mme Marie ; il me semble que vous étiez de bonne heure sur l'eau ce matin ; je dis cela à cause de votre âge.

— Vous êtes bien bon, monsieur Durand, dit la vieille, je me croyais rajeunie, voyez-vous... c'est si frais et si beau, la rivière, par ce temps de printemps ; mais ce n'était pas pour cela que j'allais avec le petit : c'est que, voyez-vous, il jetait son premier coup d'épervier ; vous savez... celui pour lequel, il y a un an, vous lui avez souhaité bonne chance.

— Oui, je me souviens, dit la petite Jenny, regardant Jean-Pierre qu'elle reconnaissait à peine.

Il était si grand maintenant !...

— C'est juste, dit le fermier ; eh bien !

— Eh bien ! monsieur, nous venons vous l'apporter, ce premier coup, et vous prier de nous le laisser offrir à mademoiselle Jenny.

— Oh ! j'accepte, dit l'enfant gâtée.

Alors elle courut à Jean-Pierre, qui mit le panier sur la table et, enlevant la serviette, laissa voir le monstrueux brochet.

Il pesait quatorze livres et demie.

— Tonnerre! s'écria M. Durand, tu es le coq du jour, petit!

Jean-Pierre était cramoisi de plaisir.

Et la mère Marie, donc!

Mme Durand se leva et approcha deux chaises.

— Mère Marie, dit-elle, en forçant la marchande à prendre place à table, j'accepte votre beau cadeau, mais c'est à la condition que vous viendrez en manger votre part, avec votre fils, bien entendu.

La mère balbutia une excuse, qui se trouva être une acceptation.

— Camarade! dit le fermier à Jean-Pierre, je t'ai vu à l'œuvre ce matin, je sais ce que tu peux faire. Si tu continues à pêcher comme cela, mes permissionnaires qui sont là, — quoique braves gens, pourraient se fâcher, car ça touche leur intérêt.

Jean-Pierre écoutait, immobile. Il comprenait.

— Tu ne peux donc continuer à pêcher sans payer, et tu n'as pas l'âge; mais, ne crains rien, j'ai trouvé un biais.

La mère Marie respira, car elle n'était pas moins émue que son enfant.

— Veux-tu être mon *écartilleux* ?

C'est le nom du garçon pêcheur.

Durand n'attendit pas la réponse.

— Je te donne vingt francs par mois et la table, et la mère Marie vendra notre poisson. Ça va-t-il?

— Monsieur, dit la mère Marie, faut que je vous embrasse ; sans ça, voyez-vous, j'étoufferais.

— Parbleu! la mère, embrassez-moi... quand il y a de la gêne, il n'y a pas de plaisir.

Et la mère Marie embrassa M. Durand.

Entre braves gens, les contrats se signent de cette façon.

A partir de ce jour-là, Jean-Pierre fit partie de la maison du fermier.

Ici se termine l'étape de l'enfance de Jean-Pierre; sa vie de jeune homme va commencer.

# VI

## LA BELLE MARINIÈRE

Cinq années se sont écoulées depuis le jour bienheureux où notre héros était entré au service de M. Durand.

Il était devenu ce qu'il promettait d'être, un grand, fort et beau garçon.

Ce n'était plus le petit épervier de *douze cents* qu'il jetait maintenant, c'était un *seize cents* garni de vingt-cinq livres de plomb, ou le *gil* clair de six cents mailles.

Les vieux, en le voyant sur la pointe du bateau, s'arrêtaient malgré eux pour regarder le coup, et ils applaudissaient à la force et à l'adresse du *petit gas,* terme d'amitié qu'ils lui avaient donné au début.

M. Durand ne se fatiguait plus à traîner le *gil* ou la *ferme;* il menait le bateau.

C'était Jean-Pierre qui faisait tout.

Non, depuis cinq ans, il n'avait pas couché une nuit entière dans son lit; la chaleur ou le froid le trouvait toujours le premier sur l'eau; la bise glaciale lui cinglait la figure sans entamer ses belles couleurs, et les plus chauds rayons du soleil ne parvenaient pas à bistrer le teint frais de la jeunesse dans toute sa sève.

Oh! oui, plus d'une fille le lorgnait en dessous lorsqu'il sortait le dimanche, tenant sous son bras celui de la mère Marie.

Mais Jean-Pierre ne paraissait avoir de culte que pour la rivière et pour sa mère adoptive.

Ceux ou celles qui croyaient cela ne l'avaient jamais vu, lorsqu'à la table de son patron il regardait la reine de la maison.

Lorsque Mlle Jenny parlait, Jean-Pierre buvait les paroles de la belle jeune fille.

Jenny était plus qu'un culte pour le jeune homme, c'était tous les cultes réunis.

Du jour où elle avait intercédé pour lui près du fermier, Jean-Pierre s'était juré qu'il mourrait pour elle quand bon ferait plaisir à l'enfant mutine et volontaire.

Les yeux de Jenny avaient éclairé son âme d'une lueur inconnue et divine. Quand elle souriait, le visage mâle du jeune homme s'illuminait ; lorsqu'elle désirait quelque chose, c'était fait immédiatement.

Elle aurait demandé l'impossible que Jean-Pierre l'aurait fait quand même.

Cet amour du jeune homme tenait de l'adoration envers Dieu, du sentiment filial et du dévouement irréfléchi du chien.

Eh bien ! chose étrange, personne, excepté Jenny, ne s'était aperçu de cet amour profond.

La femme aimée ne se trompe jamais sur les sentiments dont elle est l'inspiratrice et l'objet. Jenny devait se tromper moins qu'une autre, car elle avait un penchant à la coquetterie.

Chérie de sa mère, adorée par son père, qui n'en revenait pas d'avoir fait une si belle fille, adulée par tout le monde, qui lui répétait à chaque instant : « Vous êtes la plus jolie de la ville ! » on conçoit que Jenny aimait à être courtisée, croyant de bonne foi que tous ces compliments lui étaient obligatoirement dus.

Après tout, Jean-Pierre était un des plus beaux garçons du pays et, certes, les deux jeunes gens auraient fait un superbe couple.

C'est ce que la mère Marie se disait tout bas, car la bonne femme lisait plus facilement que les autres dans le cœur de son cher enfant.

Elle avait plus de soixante-dix ans, la mère, et elle songeait au jour où elle se reposerait heureuse, en voyant Jean-Pierre établi.

C'était un rêve réalisable, car M. Durand n'avait pas une fortune bien grosse et Jean-Pierre était un ouvrier hors ligne, bien apte à le remplacer.

Mais les enfants étaient encore si jeunes, qu'en vérité on ne pouvait songer sérieusement à une union.

Eux-mêmes n'y avaient pas pensé.

Jenny recevait l'hommage indirect de l'amour de Jean-Pierre avec un plaisir marqué, mais sans toutefois l'encourager.

Le jeune homme avait beaucoup soupiré, mais n'avait jamais obtenu que le privilège de se dévouer aux caprices de la jeune fille.

Il n'en demandait pas plus.

Cependant la beauté de Jenny s'accentuait et on ne l'appelait déjà plus que *la belle Marinière*.

Cela chiffonnait le jeune pêcheur, qui devenait jaloux de jour en jour.

En somme, les deux enfants, se voyant chaque jour depuis six ans, coquetaient et caquetaient, comme deux oiseaux, gazouillant de tout, excepté de ce qui leur tenait le plus au cœur.

Ils auraient pu vivre ainsi dix ans sans être beaucoup plus avancés, lorsqu'un évènement vint précipiter l'éclosion de l'œuf dans lequel germait l'amour de Jean-Pierre.

Tout près de Corbeil, il y a un gros bourg nommé Essonnes. La prairie Saint-Jean sépare les deux localités. Depuis l'époque où se passe cette histoire, cette prairie a été divisée par lots et bâtie en partie. On peut dire, maintenant, que Corbeil et Essonnes ne font plus qu'un.

On était au mois d'août, à la veille de la fête patronale d'Essonnes.

Le meunier, un ami de M. Durand, invita toute la famille de ce dernier à dîner pour ce jour-là, sans excepter Jean-Pierre.

On fit toilette, et le jeune homme eut le suprême honneur de conduire à son bras, dans toute la traversée de Corbeil et des Grandes-Bordes, la belle marinière.

C'était à faire crever de dépit tous les garçons de la ville et de la campagne aussi.

Le dîner fut copieux et gai. Vers neuf heures du soir, le meunier proposa un tour à la fête, et de la fête on alla au bal.

Notre héros eut le frisson en entrant sous la tente où sautait une foule de jeunes filles, toutes en blanc, avec des ceintures rouges ou bleues.

On le comprendra aisément, car Jean-Pierre entrait au bal pour la première fois.

Jenny vit son embarras.

— Je parie, dit-elle, que vous n'avez jamais dansé? monsieur Constant.

— Je l'avoue, répondit le jeune homme.

— Eh bien, j'en sais juste autant que vous, dit en riant la jeune fille; mais ça ne fait rien, nous ferons comme les autres et nous y arriverons tout de même.

— Vous consentez à danser avec moi?

— La première danse encore... A qui la donnerais-je donc? si ce n'est à vous!

Elle dit cela si gentiment...

Jean-Pierre était au paradis...

Ah! oui, qu'il danserait, quand il aurait dû écraser tous les pieds sensibles des autres danseuses, il ne reculerait pas!

La contredanse vint à se terminer, et aussitôt un petit bossu, qui avait l'emploi de placer les contre-marques, cria d'une voix digne d'un plus grand corps:

— En place! messieurs les danseurs, on commence.

Jean-Pierre, plus ému que le jour ds son brochet fameux, tendit la main à Jenny, qui avança sa petite main gantée, et tous deux prirent place en face du meunier, qui leur faisait vis-à-vis avec Mme Durand

L'orchestre préluda sur un accord, puis se tut, recommença sur un autre et fut quelque temps à s'accorder.

Le piston vidait son instrument, le violon resserrait une corde, la grosse caisse achevait un verre de bière.

Enfin, tout le monde étant placé, la véritable ouverture fut enlevée avec entrain, et la contredanse commença.

La musique n'était pas divine, mais Jean-Pierre n'en fut pas moins électrisé. Il tenait dans sa large main les doigts effilés de Jenny, son bras droit enlaçait la taille svelte et élégante de la jeune fille et son souffle caressait les cheveux noirs de celle qu'il adorait.

Comment dansa-t-il? Combien de fois le meunier fut-il obligé de lui dire :

— A droite! à gauche! en avant! pas de ce côté — avancez-donc! — Il ne s'en douta même pas.

Il ne voyait qu'une chose, Jenny; il savourait ce bonheur inespéré de la sentir près de lui et de mêler par moments son haleine à celle de la jeune fille.

La musique avait cessé qu'il sautait encore.

— C'est fini, dit Jenny en souriant.

— Déjà! répondit-il.

Et il restait là à regarder les groupes de danseurs regagner les bancs.

— Reconduisez-moi à ma place, lui dit Jenny en passant son bras sous le bras de Jean-Pierre.

Il obéit machinalement, allant à petits pas, pour savourer plus longtemps ce nouveau plaisir.

Puis, comme s'il suffoquait dans cette salle, pourtant bien aérée, il quitta précipitamment Jenny à sa chaise et s'élança dehors.

Il était en nage.

La salle de bal était dans un grand champ dépouillé de ses récoltes. Jean-Pierre, courant sur l'herbe, son chapeau à la main, bondissait comme un lion.

Il lui fallait de l'air après tant de bonheur.

— Oui, se disait-il par instants, tout haut, comme pour mieux s'entendre parler, oui, je l'aime! je l'aime!

Les autres promeneurs le regardaient, se demandant s'il était fou.

Il fit plusieurs fois le tour de la tente, puis se calma un peu.

Il lui revenait à l'idée qu'il avait été gauche en dansant et que Jenny avait dû le trouver ridicule.

Et puis il se posait encore cette question :
Jenny l'aimait-elle?

Il pouvait le croire, car elle était toujours bonne pour lui, et dans maintes circonstances elle lui avait montré beaucoup d'affection. Seulement cette affection-là pouvait n'être qu'une bonne et franche amitié.

Tout en se parlant à lui-même, il jetait un regard dans la salle par les trous de la tente, ou par les toiles mal jointes.

Soudain, il s'arrêta ; il venait de voir Jenny passer de son côté avec quelqu'un qui lui parlait et l'entraînait.

Il se sentit piqué au vif et, voulant connaître cet heureux mortel dont il voyait seulement le bras entourer la taille de la jeune fille, il rentra sous la tente.

Sans avoir l'air de la chercher, il gagna un côté où il y avait des tables et des chaises, et qu'on nommait buvette, et se trouva admirablement placé pour voir sans être vu.

Les danseurs étaient au repos, entre deux figures.

Jenny semblait apporter beaucoup d'attention à ce que lui disait son danseur, qui parlait avec volubilité.

Jean-Pierre se sentit mordre au cœur par le démon de la jalousie.

Ce danseur, il le connaissait.

C'était le fils du bourgeois qui lui prêtait autrefois son bateau.

Il se nommait Maurice Bertrand.

Sorti à vingt ans de l'Ecole polytechnique, il venait d'être promu au grade de sous-lieutenant dans le 25° régiment de ligne, en garnison dans le Nord, et avant d'aller rejoindre son corps, il était venu embrasser ses parents et dire un adieu aux fêtes villageoises de son pays.

M. Bertrand père, amateur de pêche, voyait souvent M. Durand, et les deux jeunes gens, Maurice et Jenny, s'étaient connus tout jeunes.

Quelquefois, en plaisantant, les parents disaient : Nous marierons Jenny et Maurice, et ils s'appelaient, eux, gentiment, mon petit mari, ma petite femme.

Puis, Maurice était parti au collège à Paris, et les souvenirs d'enfance s'étaient envolés.

Ce soir-là, Maurice, déjà un homme avec sa moustache naissante, son grade d'officier et son équipement tout neuf, était assez joli garçon et attirait les regards de plus d'une jeune fille, jalouse de danser avec lui.

Il racontait à Jenny, charmée et fière d'avoir été choisie pour danseuse par M. Maurice, il racontait, dis-je, leurs parties d'autrefois, souvenirs qui, prétendait-il, l'avaient suivi sur les bancs de la classe, et qui ne le quitteraient jamais, maintenant qu'il avait retrouvé *sa petite femme*, si splendidement belle.

En entendant de semblables paroles, la coquette Jenny faisait la roue et se laissait aller au bras de son danseur, qui attaquait la place en militaire, c'est-à-dire de front et avec toutes ses armes.

Jean-Pierre ne savait pas tout cela, mais il le devinait, et son visage exprimait à la fois la colère et le désappointement.

Un coup d'archet vint enlever les danseurs.

Maurice dansait fort bien et, conduite par lui, Jenny pirouettait avec une grâce et une légèreté, qui auraient fait envie à plus d'une nymphe de l'Opéra.

Le malheureux pêcheur comprit alors ce qu'il y avait de distance entre lui et l'officier, et désespéra de danser jamais avec autant de désinvolture.

Mais il cherchait à se consoler en disant :

— Si je danse mal, je l'aime bien !

Après la contredanse, on annonça une polka.

Maurice conserva sa danseuse.

— Je n'ai jamais polké, observa Jenny.

— Je vous montrerai, répondit Maurice ; penchez-vous sur moi et laissez-vous faire.

Et les deux jeunes gens disparurent en tournant dans le flot des polkeurs.

— Cette fois, c'est trop fort ! murmura Jean-Pierre.

Il avait envie de pleurer. Il resta là, immobile. Tout à coup l'officier reparut, tenant Jenny littéralement dans ses bras et lui parlant tout bas, suivant le tourbillon du bal.

Il ferma les yeux et fit quelques pas devant lui.

— Tiens ! c'est Jean-Pierre, dit une voix. Qu'est-ce que tu regardes là, au lieu de danser ?

— J'ai assez dansé, dit brusquement Jean-Pierre.

— Il ne t'en faut pas beaucoup, alors ?

— Dame, je ne sais pas polker, moi.

— Oui, je comprends, tu te tiens mieux sur ton bachot ; mais il y a temps pour tout. Regarde donc ta petite patronne, qui danse avec Maurice Bertrand ; hein ? ils vont joliment !

Jean-Pierre sentit le sang lui affluer au cœur.

Il fit un effort pour rester debout.

— Ah ! c'est Maurice Bertrand, ce soldat ?

— Sous-lieutenant, s'il te plaît, mais tu dois le connaître ?

— Ah ! oui, je me souviens ; mais tu sais, il ne jouait pas avec nous, celui-là.

— Non, le père est trop riche, et maintenant que le voilà dans *les grosses légumes*, il fait sa poire.

— Qu'est-ce qu'il fait ici ?

— Il vient voir son père, avant de partir au régiment.

— Ah ! ah ! il va s'en aller, alors ?

— Demain matin, mon gas ; on ne badine pas avec la feuille de route.

— Demain ! fit Jean-Pierre, dont le visage s'illumina soudain. Il saisit la main de l'ami qui lui parlait, et la serrant à la briser :

— Viens boire un litre, dit-il à l'autre, c'est moi qui paie !

— A la bonne heure, répondit l'ami ; tu avais l'air d'un déterré tout à l'heure ; est-ce que tu en tiendrais pour la belle marinière ?

Jean-Pierre ne répondit pas et frappa sur une table en appelant le garçon qui était précisément une fille.

Vers la fin du bal, on joua la contredanse de la mère Michel, à la fin de laquelle chaque cavalier embrasse sa danseuse.

Maurice dansait avec Jenny.

Jean-Pierre les regardait sans se douter de ce qui allait arriver.

Tout à coup il vit Maurice se pencher vers Jenny et déposer un baiser sur sa joue, puis, à l'invitation de la musique, en déposer un second sur l'autre joue.

Il chancela et tomba, plutôt qu'il ne s'assit sur le banc qui était derrière lui.

La danse terminée, la belle Jenny, rouge de plaisir, regagna sa place au bras de M. Maurice et passa presque sur Jean-Pierre sans l'avoir même aperçu.

— Mon Dieu ! mon Dieu ! fit Jean-Pierre, il est temps qu'il parte, car il arriverait malheur !

# VII

AMOUR, AMOUR, QUAND TU NOUS TIENS !...

Le sous-lieutenant Maurice partit le lendemain pour son régiment et tout rentra dans la tranquillité, excepté le cœur de Jean-Pierre et peut-être celui de Jenny.

Cependant les deux jeunes gens ne prononcèrent, ni l'un ni l'autre, le nom de l'officier, ce qui était suivant nous la preuve qu'ils y songeaient tous deux, mais d'une façon bien différente.

La belle saison s'envola rapidement, comme une belle saison qu'elle était, et avec la froidure revint le travail au filet, dans le coin du feu, et les causeries de la veillée.

Ces causeries faisaient les délices de Jean-Pierre, qui tout doucement regagnait, il le croyait du moins, le temps perdu, ou plutôt l'amitié de Jenny, un instant égarée par le lovelace en uniforme.

Vers le mois d'avril suivant, il se croyait décidément le préféré, et il pouvait le croire de bonne foi, car Jenny lui souriait lorsqu'il entrait à la maison et avait pour lui des attentions vraiment particulières.

Il s'était risqué à parler du bal de la fête d'Essonnes, et la jeune fille lui dit naïvement qu'elle en avait gardé le plus charmant souvenir.

Elle se rappelait les quadrilles qu'elle avait dansés avec lui, la bonne promenade à son bras jusqu'à Essonnes et le retour, la nuit, dans les allées de Saint-Jean, sous les grands arbres.

De l'officier, il ne fut pas question.

Allons, décidément, le pantalon rouge de Maurice n'avait été qu'une lueur passagère qui avait voulu enflammer l'horizon, mais qui s'était éteinte comme un feu follet, sans laisser trace de son passage.

Le printemps revint et, avec lui, l'espoir au cœur de Jean-Pierre.

Quelquefois, la nuit, pensif, il laissait glisser son bateau au courant de la rivière, rêvant à celle qu'il adorait et murmurant des paroles que les poissons seuls pouvaient entendre, mais qu'ils ne comprenaient pas.

Le jeune homme plongeait son regard dans cette belle nature, qui semblait endormie pour tout autre que pour lui, et causait aux étoiles qu'il connaissait si bien, à la lune, qui tant de fois lui avait prêté l'aide de sa clarté blafarde, et il leur disait de mille manières différentes :

— Oh ! j'aime Jenny !

Il croyait la voir, là-bas, à travers l'obscurité, dans sa petite chambre si coquette, où son regard osait à peine pénétrer ; il se mettait à deux genoux devant elle, et là, humble, il baisait le bas de sa robe, puis, s'enhardissant, il prenait une main chérie.

Hélas ! l'arche du pont qu'il heurtait venait le tirer de ce beau rêve.

Et le lendemain, il osait juste lui dire de sa voix ordinaire :

— Bonjour ! mademoiselle Jenny.

— Bonjour ! monsieur Jean-Pierre, répondait la jeune fille ; la pêche a-t-elle marché, cette nuit ?

— Mais oui, mademoiselle, la tanche a donné et la perche aussi.

— Et l'anguille ?

— Ce n'est pas la saison.

— C'est juste ; je ne saurai jamais les époques des poissons. Tenez, voici papa qui vous appelle pour prendre le vin blanc.

— Ah ! j'y cours, disait Jean-Pierre ; pourtant...

— Vous dites ?...

— Non, ce n'est pas pressé... ce soir ou demain.

— Au revoir, monsieur Jean-Pierre, disait Jenny, qui s'éloignait en riant.

C'était ainsi chaque matin.

Le soir, cela recommençait ; l'hiver au coin du feu, l'été dans le petit jardin, derrière la maison.

Ce jardin avait à peu près dix mètres de largeur sur vingt mètres de profondeur.

Jenny en avait banni les légumes et l'avait garni de fleurs, sauf au fond, où la limite était formée par deux rangées de lilas blancs, devenus magnifiques.

Lorsque la belle marinière voulait rêver à son aise, elle allait s'asseoir au milieu de ses lilas, défiant les regards indiscrets.

Jean-Pierre, plusieurs fois, était allé lui tenir compagnie, dans ce petit paradis, soit pour faire une troublette, soit pour un raccommodage, travaux qui ne demandaient pas une grande clarté ou une grande attention.

Il lui semblait que là il avait plus de hardiesse.

Une fois, il avait touché la main de la jeune fille ; une autre fois, elle lui avait montré le pas de la polka, et il avait failli se laisser choir de plaisir lorsque Jenny lui avait dit :

— C'est pour que vous puissiez me faire polker à la prochaine fête d'Essonnes.

Et rien, pas un mot de l'officier.

Jean-Pierre, devenu presque brave, se déclara à lui-même qu'il était impossible d'en rester là.

Évidemment, Jenny l'aimait, cela crevait les yeux.

Il ne se passerait pas vingt-quatre heures avant qu'il se fût déclaré.

— Ce soir ! faisait-il avec un grand geste, ce soir après le dîner... je... oui... c'est entendu.

Le soir venu, il allait aux lilas, il voyait Jenny, il commençait un discours fort embrouillé, puis il partait à la pêche, sans avoir parlé.

Il se traitait de lâche d'abord, puis il pensait que ce n'était peut-être pas un bon jour, que le lendemain vaudrait mieux.

Et son hésitation durerait encore, sans une circonstance qui vint, fort heureusement, à son secours.

Mme Durand, la mère de Jenny, était de Villabé, petit village entre Essonnes et Mennecy, où elle avait encore des parents. Un de ses oncles étant décédé sans héritiers à réserve, ce furent un neveu et elle qui héritèrent du ménage et de quelques lopins de terre.

Alors, formalités, signatures chez le notaire de Mennecy, déplacements, etc.

M. et Mme Durand durent aller une après-midi chez l'autre héritier, le cousin, partager les meubles et le linge ; on partagea et l'on dîna.

C'était prévu, et pour une fois la belle marinière mit les mains à la pâte et confectionna le repas du soir pour elle et Jean-Pierre.

Les parents avaient toute confiance ou, pour mieux dire, ils ne pensèrent même pas qu'il pouvait y avoir danger ou imprudence à laisser seuls les dix-neuf ans du garçon avec les dix-sept ans de la fille.

Ils avaient compté sans l'amour ignoré du jeune homme, sans l'occasion et aussi sans le printemps.

Après le dîner, Jenny lava vivement la vaisselle et courut se reposer au milieu de ses chers lilas, qui étaient alors dans toute leur beauté.

Jean-Pierre l'y attendait déjà.

La journée avait été belle, le soleil avait reflué le sang généreux du pêcheur vers la tête.

Les parfums de l'air se joignaient à ceux des lilas blancs, et tout concourait à porter le jeune homme à un coup d'audace.

Au mois d'avril, la nuit vient encore de bonne heure, et les soirées sont courtes et souvent froides.

On était à l'époque du frai ; aussi Jean-Pierre était-il libre.

Le moment était propice, et le garçon se disait que jamais il ne trouverait pareille occasion.

Lorsque Jenny entra dans les lilas, elle vit Jean-Pierre qui faisait mine de redresser une branche.

Histoire de se donner une contenance.

— Vous êtes là ! dit-elle, je vous cherchais.

— Aviez-vous besoin de moi ? mademoiselle.

— Non, je vous croyais sorti.

— Sorti ! moi, pour quoi faire ?

— Mais, que sais-je ? pour aller au bateau ou pour vous promener.

— C'est vrai, je pouvais aller me promener, mais je ne le devais pas.

— En vérité ! qui donc vous en empêcherait ?

Jean-Pierre fit un premier effort, mais il n'eut pas encore le courage d'éclater.

— Je ne pouvais vous laisser seule ici...

— Oh ! fit la jeune fille en riant, les voisins ne sont pas méchants, et je ne suis pas peureuse.

Nouvel effort de Jean-Pierre.

— C'est que, ajouta-t-il plus bas, j'ai quelque chose à vous dire.

— Vous, Jean-Pierre ? eh bien ! parlez-moi, je vais vous écouter tout en faisant ma dentelle.

Et la jeune fille s'assit près des lilas, avec une majesté comique, sur le banc qui ornait la salle.

Puis, lorsqu'elle fut posée à son gré, sa jolie tête à moitié cachée dans les fleurs, elle ajouta gravement :

— Monsieur Constant, l'audience est ouverte.

Ah ! cette fois l'amoureux était pâle. Il n'y avait plus à reculer. Ce qui l'embarrassait, c'était le commencement.

Il ne s'était pas attendu à un début si simple ; il avait craint une voix sévère, et Jenny le recevait en riant, presque en se moquant. Il était tout désappointé.

Il faut avouer qu'il se troublait pour peu de chose.

La jeune fille passa sa tête mutine entre deux branches et lui dit :

— Eh bien, monsieur l'avocat, avez-vous oublié votre discours ?

Jean-Pierre passa la manche de sa blouse sur son front mouillé de sueur ; puis s'approchant de Mlle Durand, il dit tout à coup :

— Tenez, Jenny, je ne sais pas faire de grandes phrases et vous avez raison de vous moquer de moi ; je vais vous dire simplement de quoi il est question.

Au son de la voix du jeune homme, Jenny comprit à moitié, leva vivement les yeux sur lui, surprit son regard étincelant ; et, muette maintenant, elle se mit fiévreusement à son travail.

— Jenny, dit Jean-Pierre, il y a sept ans que je vous vis pour la première fois, et je m'en souviens comme si c'était hier... La première parole que vos lèvres laissèrent tomber fut une prière pour moi, prière qui me valut le pardon, puis la confiance et enfin l'amitié de votre père.

— Mon père eût pardonné sans moi, dit la jeune fille.

— Je ne veux pas le croire, repartit Jean-Pierre, car je veux vous devoir tout à vous, rien aux autres. Il faut, d'ailleurs, qu'il en soit ainsi pour que vous compreniez bien ce que je vais vous dire tout à l'heure.

Jenny voyait à peine sa broderie et persistait à son travail.

Jean-Pierre continua :

— A partir du jour dont je parle, votre image n'est plus sortie de mon cœur, et votre nom fut le seul que je prononçai dans les moments suprêmes de bonheur ou de chagrin, comme on prononce celui de Dieu.

La jeune fille fit un mouvement, mais ne répondit pas.

— Vous avez été pour moi, depuis sept ans, l'étoile du marin, le souvenir de mon enfance, l'espoir de mon avenir. Si l'on m'eût dit un soir, en rentrant : Jenny est partie, ou Jenny est morte — je crois que je serais resté immobile sur le seuil de la porte et que j'y serais mort aussi.

Jenny leva une main comme pour protester. Jean-Pierre poursuivit plus bas, mais avec plus de véhémence :

— Oh ! je ne veux pas vous manquer de respect, mademoiselle ; je sais tout ce que mes paroles ont de hardiesse ; en effet, moi, pauvre garçon pêcheur, sans fortune, puis-je aspirer à être quelque chose pour vous ? Dois-je oser vous dire ce que j'aurais caché à tous et à moi-même ? Vous aurez pitié de moi, lorsque vous saurez tout ce que je souffre pour contenir ce secret qui m'échappe et que vous avez deviné, sans doute.

Jenny, froide, ne se détourna pas et ne répondit rien.

Alors, Jean-Pierre se laissa glisser sur les genoux, et, les mains jointes, devant Jenny, il lui dit tout bas, tout bas...

— Je vous aime !

Oh ! c'est à peine si les oiseaux perchés sur les branches l'entendirent, mais le cœur de la jeune fille tressaillit à cette première déclaration.

Ses doigts s'étaient arrêtés, elle n'osait lever les yeux et semblait enivrée des paroles du jeune homme.

Lui, toujours agenouillé, attendait.

Il avait parlé, il avait dit son amour à celle qu'il aimait et craignait tant, et elle ne l'avait pas repoussé.

Quel espoir !

Il reprit, un peu plus fort, cette fois :

— Jenny, vous ne me chassez pas ! vous ne me dites rien ; oh ! regardez-moi, que je lise mon sort dans vos yeux. Je ne demande pas que vous m'aimiez comme cela, tout de suite ; non, je me contenterai d'un regard d'amitié de temps en temps.... mais si vous me repoussez, si je vous déplais, dites-le, je vous quitterai, je partirai loin, bien loin, vous n'entendrez plus parler de moi...

Un sanglot vint lui couper la parole ; il avait des larmes dans les yeux et dans la voix.

Jenny en fut vivement touchée.

— Mon ami, dit-elle doucement, relevez-vous...

— Non, c'est ici ma place.

— On pourrait venir, vous voir ainsi, relevez-vous et asseyez-vous là, près de moi.

Elle lui tendit la main, qu'il saisit vivement.

— Vous voulez bien que je vous aime, dit-il, c'est tout ce que je demande, merci.

Il porta la main qu'il tenait à ses lèvres et l'effleura d'un baiser, puis il prit place sur le banc.

— Voilà la nuit, fit la jeune fille, nous allons rentrer.

— Non, pas encore, dit doucement Jean-Pierre, la retenant plus par l'accent de la voix que par la pression dela main.

Elle resta, regardant dans les branches des ombres passer et ressentant une sensation inconnue qui endormait sa volonté.

L'amour de Jean-Pierre était si fort qu'il répandait autour de lui son fluide contagieux.

Jenny aimait-elle Jean-Pierre ? Ce soir-là elle aurait pu répondre affirmativement, car elle avait depuis longtemps pour le jeune garçon une grande estime et une véritable amitié.

Toujours était-il qu'à ce moment elle se laissait aller au courant de ses pensées et oubliait sa main dans celle de son ami.

Lui, ravi au delà de toute expression, écoutait battre son cœur.

Durant une heure peut-être, ils restèrent ainsi, immobiles, muets.

Qu'auraient-ils pu dire, et quelles paroles auraient pu remplacer le gazouillement divin qui chantait en eux?

La nuit était venue tout à fait, et c'est à peine si les deux enfants se voyaient, quoique près l'un de l'autre.

Instinctivement, Jenny se serra contre Jean-Pierre, toujours comme engourdie dans ses pensées délicieuses.

Le jeune pêcheur, comme le soir du bal, sentait le bras de Jenny appuyé sur le sien, les cheveux ondoyants de la belle marinière avaient frôlé une fois ou deux sa joue, et ce contact l'avait fait frissonner des pieds à la tête, comme eût fait un fer rouge.

Dans son extase, il revit la soirée du bal d'Essonnes, les belles toilettes, les lumières; il se vit seul, derrière les draperies, dans l'ombre, regardant Jenny et Maurice.

Et ce souvenir ne lui causait plus de jalousie. Il lui souriait.

Il voyait Maurice reconduire sa danseuse, il croyait entendre la musique, et il vit l'officier se baisser pour embrasser Jenny.

Son bras droit, sans qu'il sût pourquoi, avait fait comme celui du sous-lieutenant; il tenait la taille de la jeune fille.

Il la pressa contre lui, sentit bientôt l'haleine de sa bien-aimée, et faiblement, saintement, pour ainsi dire, ses lèvres s'imprimèrent sur le front de sa Jenny.

Celle-ci poussa un cri, comme si elle s'éveillait en sursaut; elle se dégagea brusquement et s'enfuit dans la maison.

Le charme était rompu, le rêve envolé.

Jean-Pierre, étourdi de son bonheur, se leva à son tour, chancelant comme un homme ivre.

Une voix bien connue, celle du patron, lui dit:

— Eh bien! qu'est-ce que tu faisais donc là? Jean-Pierre.

Le garçon se frotta les yeux.

— Tiens, c'est drôle, répondit-il, je m'étais endormi sous le berceau.

— Joli gardien pour ma fille, fit M. Durand. Allons, nous voici, va te coucher maintenant !

# VIII

## LA FÊTE DE LA PÊCHERIE

La ville de Corbeil a une fête qui date de temps immémorial, fête paroissiale nommée la *Saint-Spire*. Cette fête se tient du dimanche qui précède l'Ascension au dimanche qui la suit.

Autrefois, on venait à la Saint-Spire de tous les villages de l'arrondissement, pour passer les jeunes enfants sous les châsses.

Ces châsses étaient descendues en pompe dans la nef de l'église, posées sur des tréteaux, entre des grillages, et chacun baisait dévotement le grillage et passait sous la châsse du saint en renom.

Or, il y en avait trois :

Saint Spire, saint Leu et saint Renaubert.

En remontant à quelques siècles, il y avait quatorze autres saints, un peu moins vénérés que les trois susnommés, et vingt-deux couvents qui avaient bien aussi les leurs.

Saint Guenault a vu son église transformée en prison.

Les pierres de l'église Saint-Jacques ont servi à faire des margelles de puits, et celui de la Grande-Maison dont nous avons parlé, était construit spécialement avec ces pierres-là, gravées de citations latines qui ont fait longtemps rêver l'auteur de cette véridique histoire.

Seule l'église Saint-Léonard est restée debout avec la maîtresse église de Saint-Spire, et l'on officie encore une fois par semaine à Saint-Léonard.

En vérité, quinze églises et vingt couvents pour deux mille habitants que Corbeil possédait au moyen âge, c'était plus que suffisant.

Et il n'y avait qu'une fête.

La génération nouvelle a changé cela ; elle a supprimé les églises et ajouté trois fêtes : la foire du 6 septembre, qui se tient au lieu dit *Nagis*, la fête de la Pêcherie, spécialement marine, et la fête de la Gare, qui se célèbre le jour de Pâques.

C'était l'inauguration, la première fois que la Pêcherie avait l'honneur d'appeler à elle l'élite de la population corbeilloise.

Aussi les divertissements ne manquaient pas.

En première ligne était la fameuse *joute à la lance* par les mariniers du crû.

Puis venaient les courses aux canards, à la yole, au bachot, à la voile, à un ou plusieurs rameurs, etc... c'était varié et complet.

Jean-Pierre était naturellement dans les lanciers ; le hasard l'avait mis avec les bleus ; aussi ceux qui portaient cette couleur se faisaient fiers, en admirant la grâce juvénile et la force athlétique de leur jeune compagnon.

Dès le matin, suivant un usage antique, les *lanciers* allaient rendre des visites chez les personnages marquants de la ville, bannière déployée et tambour en tête ; puis, à dix heures, ils allaient assister à la messe et rendre le pain bénit. Le curé bénissait leurs lances, et ils s'en allaient déjeuner.

A deux heures, le bateau d'honneur, chargé des autorités municipales et de la musique de la garde nationale, donnait le signal de l'ouverture de la fête, par une fanfare qui avait les meilleures intentions du monde.

On applaudissait et la joute commençait.

Donc, ce jour-là, qui était un splendide dimanche de juillet, Jean-Pierre attendait son tour, parmi les bleus, s'occupant plus d'un petit bateau à pavillon tricolore qui restait amarré à terre, que de la joute elle-même.

Vous l'avez deviné, n'est-ce pas ? cette petite embarcation était le bachot de Jean-Pierre, et elle attendait ceux qui devaient la monter.

Ceux-là, attardés par un déjeuner copieux, ne se pressaient pas, sachant d'ailleurs qu'on ne commencerait pas la joute sans eux.

C'étaient M. et Mme Durand, Mlle Jenny, et la mère Marie, qui voulait voir débuter son gas.

Elle avait voulu mettre à son bonnet, tuyauté pour la circonstance, un ruban rouge ; mais Jean-Pierre étant dans les bleus, elle avait dû faire comme lui, non sans regret, car le rouge est plus voyant et partant plus remarqué.

Mme Petit, la jeune marchande de nouveautés d'alors de la rue du Pont, lui avait si gentiment arrangé ce large ruban bleu, qu'elle avait fini par se déclarer satisfaite.

Il n'y a rien de tel que les doigts de fée d'une jolie femme pour tout concilier.

La demie de deux heures venait de sonner, et le drapeau tricolore flottait encore immobile au rivage.

Déjà deux jouteurs avaient mordu la poussière, suivant l'expression consacrée, c'est-à-dire avaient pris un bain forcé, et M. Durand n'avait pas paru.

Enfin, la porte de la petite maison s'ouvrit, et le fermier de la pêche, portant à son chapeau un immense ruban bleu, parut, suivi de Mme Durand et de la mère Marie, également vouées au bleu.

Derrière elles, Jenny fermait la marche.

La belle marinière portait une simple robe blanche et un élégant bonnet blanc qui faisait encore ressortir par sa blancheur l'ébène de ses magnifiques cheveux.

Sur le bonnet, des fleurs bleues artificielles s'égrenaient en guirlande, et au corsage un énorme bouquet de bluets, des vrais, ceux-là, disait à tous pour qui la belle fille portait cette couleur.

Un murmure d'admiration parcourut la foule, qui fit passage aux quatre personnages.

Le cœur de Jean-Pierre faillit éclater dans sa poitrine.

5

Le jeune homme, d'un bond, se trouva sur l'avant du bateau, demi-nu, la lance au poing.

Ah! ils pouvaient tous lutter contre lui maintenant, il était sûr de vaincre.

On vint lui dire que son tour était venu. Il sauta sur l'arrière du bateau bleu avec une telle force qu'il le fit pencher à sombrer.

— Un peu de calme, camarade, fit un vieux rameur, il y a de l'ouvrage à faire.

Jean-Pierre sourit, sans répondre, et regarda son adversaire.

C'était un homme de trente ans, fort et vigoureux, et rompu aux exercices du corps.

Il avait été choisi exprès pour lutter contre le jeune pêcheur, dont la force et l'adresse étaient à craindre.

Le signal fut donné, les bateaux partirent.

À la première passe, les lutteurs se saluèrent de la lance, puis ils revinrent l'un sur l'autre.

Jean-Pierre avait suivi de l'œil le pavillon tricolore qui était venu se placer à vingt pas de lui, pour que ceux qu'il couvrait ne pussent perdre un seul de ses mouvements.

Debout au milieu du bateau, Jean-Pierre voyait Jenny et son bouquet de bluets.

Droit sur son piédestal, sans perdre une ligne de sa haute taille, sans paraître faire un seul effort pour se maintenir, la lance en arrêt, à la hanche, il attendait le coup de son adversaire, tranquille et presque méprisant.

Les deux bachots, sous les efforts de six rameurs, s'approchèrent l'un de l'autre avec rapidité.

Les lances s'abaissèrent.

Le lutteur rouge se pencha en avant, baissant sa lance au-dessous de la hanche pour soulever son adversaire et lui faire perdre pied, se dérobant lui-même le plus possible à la paume de celle de Jean-Pierre.

Le pêcheur, toujours droit et ferme, visait la poitrine de l'autre, sans s'occuper de la sienne.

Le choc fut terrible.

Un instant, le rouge chancela ; sa lance, engagée dans le bras de Jean-Pierre, retomba. Il la releva vivement pour qu'elle ne touchât pas l'eau et fit une pirouette sur lui-même, qui parut un salut.

Jean-Pierre, toujours immobile, avait reçu le choc sans broncher ; puis, remettant sa lance en arrêt, il se croisa les bras.

Ce n'était pas un homme, c'était un roc.

Deux salves d'applaudissements retentirent de chaque côté des combattants, salves qui furent bientôt couvertes par les bravos.

Depuis le commencement de la lutte, personne n'avait remarqué plusieurs canots à l'aviron ou à la voile, qui étaient venus se ranger dans les eaux de la joute ou qui continuaient à louvoyer autour du cercle de la fête.

Parmi eux, il y avait notamment un petit voilier, monté par deux hommes dont l'un portait le costume militaire et l'aiguillette de sous-lieutenant.

L'attention, surexcitée par la lutte, était toute aux jouteurs.

Les deux émules firent encore une passe blanche, et à la troisième ils brisèrent leurs lances.

On demanda pour eux une halte, qui fut accordée.

Comme la musique cessait sa fanfare et que les bateaux ramenaient les jouteurs à leurs camps respectifs, une clameur soudaine s'éleva de toutes parts.

Les cris : — un homme à l'eau ! au secours ! se firent entendre, et l'on montrait un canot renversé sur le côté, la voile sur l'eau.

Voici ce qui venait d'arriver.

Le canot portant l'officier dont nous avons parlé et un de ses amis, mal dirigé, avait tourné trop sec ; la voile prenait le vent en plein, et l'embarcation, penchée à chavirer, avait reçu un paquet d'eau suffisant pour déterminer un accident.

Celui qui conduisait, voyant cela et sachant nager, avait sauté à la Seine et déjà atteignait une autre embarcation, qui le repêchait; mais l'officier, gêné par son uniforme et son épée, disparut bientôt dans un remous.

Tout cela s'était passé en moins de temps qu'il n'en faut pour l'écrire.

Les uns disaient : — Il est là !

On criait, on allait, on venait, et pendant ce temps-là, le courant emportait sa proie.

Tout à coup un grand silence se fit dans cette foule, à terre comme sur l'eau; les bateaux s'arrêtèrent, chacun se sentit pris d'un serrement au cœur.

Il y avait un homme qui courait à la mort pour lui arracher une proie humaine.

Plus de deux mille personnes, sur le pont, sur les quais, dans les bateaux, n'osant respirer, anxieuses, attendirent ce qui allait se passer.

Sous l'eau, un homme mourant se débattait; sur l'eau, un homme fendait l'onde et avançait rapidement vers l'endroit où l'autre avait disparu.

— Là ! là ! crièrent les plus proches.

Alors le nageur plongea et disparut.

Ceux qui ont assisté à semblable spectacle comprendront seuls l'angoisse des assistants.

Dans le bateau de M. Durand, l'angoisse était plus poignante encore, car le plongeur était Jean-Pierre.

Une minute, oui, soixante secondes, soixante siècles pour les assistants, une minute s'écoula.

Tout à coup l'eau parut s'agiter, puis une tête émergea hors de l'eau ; c'était celle de l'officier, tenue par un poignet de fer, et bientôt suivie de celle du courageux sauveteur.

Une rumeur attendrie courut, montant vers le ciel. Et le soleil éclairait tout cela de ses superbes rayons. C'était alors beau à voir.

Cette figure jeune et pâle, portée pour ainsi dire au-dessus de l'eau par ce nageur qui écartait la vague d'une seule main, et qui avançait majestueusement comme un nouveau triton.

— Mais courez donc à leur secours! s'écria la mère Marie, qui voyait tout le monde reprendre haleine sans songer à Jean-Pierre.

— Tonnerre! c'est vrai, répondit M. Durand, qui nagea dans la direction des deux jeunes gens.

Jenny avait reconnu le visage de l'officier et elle avait reçu au cœur un coup comme jamais elle n'en avait ressenti.

Le sous-lieutenant, c'était Maurice Bertrand, son danseur du bal d'Essonnes, celui qu'elle n'avait pas revu depuis un an, mais aussi celui qu'elle n'avait pas oublié.

Oh! certes, elle avait tremblé pour Jean-Pierre, mais ce n'était pas de la même façon que pour Maurice.

M. Durand aborda le premier le nageur et la victime, et les hissa tous deux dans le bateau.

Maurice fut conduit immédiatement chez le fermier de pêche, où il reçut des soins tels qu'il ne tarda pas à reprendre connaissance.

On fit savoir aussitôt au public qu'il était hors de danger et la fête continua.

Quant à Jean-Pierre, il était heureux d'avoir sauvé un homme; mais, lorsqu'il reconnut son rival, il ne regretta pas son action, seulement un pressentiment vint jeter un voile sur la joie de cette belle journée.

La joute avait repris, mais avec moins d'entrain; les rouges et les bleus tombaient à l'eau à qui mieux mieux, sans exciter les rires ordinaires.

La foule avait été trop émue tout à l'heure pour s'égayer si vite.

Enfin, Jean-Pierre fut proclamé Roi Sec.

A dire vrai, il avait été mouillé, mais c'était pour une si bonne action...

On lui décerna le premier prix, qui était une belle montre en or, et les marins durent recommencer leur promenade jusqu'au dîner, lequel, entre parenthèses, se prolongea toute la nuit, et, comme il n'y a pas de bonne fête sans lendemain, une grande partie de la journée suivante.

Jean-Pierre n'avait eu que le temps d'aller prendre des nouvelles de Maurice, qui lui avait chaudement serré la main, ajoutant que c'était entre eux à la vie, à la mort !

A la mort ! il avait raison, et cette parole ne devait pas tarder à être justifiée.

Jenny avait gracieusement offert son bouquet de bluets à Jean-Pierre qui, devant le monde, n'osant y porter les lèvres, l'avait attaché à sa boutonnière avec un ruban bleu.

La mère Marie, elle... eh ! ces mères ! elles sauront toujours mieux aimer que les autres... était allée au jeune homme, lui avait pris la tête dans ses deux vieilles mains, et elle avait embrassé trois fois son front loyal et franc.

Elle n'avait rien dit, mais ces trois baisers-là étaient plus éloquents que tous les avocats et que toutes les jeunes filles réunis.

Jean-Pierre alla, presque joyeux, retrouver les camarades.

Hélas ! ce devait être son dernier jour de bonheur.

# IX

## MONSIEUR MAURICE

Pendant que Jean-Pierre recevait les hommages dus au *Roi* de la République des mariniers, M. Maurice, le sous-lieutenant, reprenait sa connaissance et bénissait presque la fatalité qui l'avait fait plonger en Seine.

Il était étendu sur un lit, dans la maison de M. Durand, et soigné des mains de mademoiselle Jenny, cette belle fille qu'il avait fait danser à la fête d'Essonnes, et dont il n'avait pu complètement chasser le souvenir agréable.

Certes, il n'avait jamais pensé, avant ce jour, à un attachement sérieux pour la belle marinière. Mais en ce moment, revenu de la mort ou à peu près, sentant planer sur lui l'intérêt et peut-être plus (pourquoi pas!) de la sensible Jenny, il se disait qu'il serait bien fou de ne pas aimer une si charmante personne.

Soyons juste. Il l'aimait passionnément depuis qu'il l'avait revue.

Le souvenir de Jean-Pierre n'effleura même pas sa pensée. En effet, comment supposer qu'un grand garçon aussi primitif que le jeune pêcheur pût être distingué par mademoiselle Durand?

C'était invraisemblable.

Lui, l'officier élégant, à la bonne heure.

Mais, nous le répétons, la conscience de Maurice était légère de toute trahison vis-à-vis de son sauveur. Il ignorait.

Son orgueil lui disait : — Toi, et c'est tout!

Combien d'hommes sont ainsi faits!

Le soir venu, Maurice put retourner chez son père; mais il était assez faible pour ne pouvoir retourner à Paris, ni ce soir-là, ni le lendemain.

Le docteur Petit donna un certificat constatant l'accident et la faiblesse momentanée du jeune homme, et le
père partit le lundi matin trouver le colonel et obtint un
congé de convalescence fixé provisoirement à huit jours.

Lorsque Jean-Pierre fut instruit de ce détail, il en
eut comme du chagrin. Une jalousie inconsciente se
faisait un jeu de ses plus secrètes pensées.

Pourtant, qu'avait-il donc ? Rien. Jenny, au contraire,
était gaie et avenante et ne tarissait pas en éloges sur
le chapitre du sauvetage opéré par Jean-Pierre. Elle
avait même cette suprême délicatesse de ne jamais pro-
noncer le nom de Maurice.

Et cependant le pêcheur allait à la rivière sans entrain.
Il jetait son filet n'importe comment, ce dont les poissons qui s'échappaient ne se plaignaient pas.

Chaque matin, M. Durand envoyait chercher des nouvelles de M. Maurice ; le mercredi matin, l'envoyé
répondit que M. Maurice, à peu près rétabli, viendrait
remercier ses sauveurs.

Vers quatre heures de l'après-midi, l'officier vint, en
grande tenue, accompagné de son père, M. Bertrand.

La visite fut cérémonieuse.

On remercia M. et Mme Durand, on s'extasia sur les
soins donnés par Mlle Jenny, et enfin on daigna songer
à Jean-Pierre.

Le pauvre garçon était presque honteux des compliments qu'on lui fit.

Il balbutia un remerciement.

— Cré nom ! aurait dit la mère Marie, ils devraient
t'embrasser les genoux.

Mais elle n'était pas là.

Puis, M. Bertrand, qui se souvenait avoir prêté son
bateau au jeune pêcheur, lui rappela ce service et lui
offrit de lui placer deux cents francs à la caisse d'épargne pour l'encourager à continuer cette première économie.

Comme ça sentait ce bon M. Chevallier !

Les riches se ressemblent donc tous !

Jean-Pierre, en entendant cette offre, eut comme un jet de sang à la figure ; il ne put répondre tout de suite.

— Hein ! c'est accepté ? fit Maurice d'un air enjoué, qui semblait dire :

— Deux cents francs, c'est un joli chiffre ; c'est même trop !

Il ne s'évaluait pas cher, le monsieur.

Cette fois, Jean-Pierre retrouva la parole.

— Je ne sauve pas les gens pour de l'argent, dit-il d'un ton presque hautain qui étonna les Bertrand ; je n'ai que faire de vos louis et de votre caisse d'épargne ; ma caisse d'épargne, à moi, elle est là...

Et il se frappa sur les bras.

— C'est la caisse d'épargne du travailleur, et c'est la bonne ; si je mets de la monnaie de côté, ce sera de la même façon.

— Mais, mon ami... objecta M. Bertrand.

— Allons donc ! qu'est-ce que l'on dirait dans Corbeil, si un marinier sauvait quelqu'un pour des sous !... J'attendais de vous autre chose, M. Maurice ; une poignée de main, voyez-vous, bien tapée là-dedans, — et il ouvrit son battoir, nous voulons dire sa main — ça valait mieux qu'une fortune.

Le père et le fils étaient tout penauds.

M. Durand sauva la situation.

— Tonnerre ! dit-il, c'est bien parlé, Jean-Pierre. Si tu avais accepté, je n'aurais plus reconnu le fils de la mère Marie.

Jean-Pierre, heureux de cette approbation, leva les yeux sur Jenny ; mais la jeune fille regardait par la fenêtre avec un intérêt persistant.

Pour qui était-elle ? pour Maurice ou pour Jean-Pierre ?

5.

Peut-être pour tous les deux, mais à des degrés différents.

M. Bertrand reprit vivement la parole.

— Monsieur Constant, dit-il à Jean-Pierre, je crois que vous vous êtes mépris sur l'offre que je vous ai faite; nous n'avons eu, mon fils et moi, que le désir de vous être agréable, et non celui de vous déplaire, après l'action courageuse qui m'a rendu mon enfant. Puisque vous avez du cœur, ce que je vois, avec une joie que je ne veux pas dissimuler, vous devez comprendre mieux que personne ce que je vous dis. Croyez bien que, quoi qu'il arrive, moi, d'abord, et mon fils surtout, nous ne nous tenons pas quittes envers vous, par l'échange d'une simple poignée de main, que je réclame l'honneur de vous donner le premier.

Cette fois, Jean-Pierre ne pouvait refuser; il prit la main du père de Maurice, et, par émotion sans doute, il la broya légèrement en signe de contentement.

M. Bertrand fut stoïque; il fit à peine une grimace de douleur. Jenny s'était retournée et son visage était radieux.

Elle envoya un sourire à Jean-Pierre, mais ce sourire fut récolté au passage par Maurice, qui crut devoir se l'attribuer.

Les Bertrand prirent congé du fermier.

Il était temps. La faconde de Jean-Pierre était à bout. Il poussa un soupir de soulagement.

M. Bertrand, une fois dehors, dit à Maurice :

— Comprends-tu cela? ça n'a pas le sou et c'est fier; on a bien raison de dire : fierté, c'est bêtise !

Maurice éclata de rire pour ne pas répondre ; il s'occupait bien du pêcheur, lui! En tacticien, il formait un plan d'attaque.

Dame! une jolie fille est une forteresse quelquefois difficile à prendre, et Maurice n'avait encore donné aucun assaut.

— Ce soir, se dit-il, j'ouvrirai la première brèche !

Nous l'avons dit, le quai de la Pêcherie est bordé de maisons derrière lesquelles se trouvent de petits jardins ; derrière ces jardins, et en contre-haut de plusieurs mètres, se trouve un chemin qui prend derrière l'église Saint-Léonard et qui conduit au sentier montant à *Pré*, dominé, par les vignes du coteau qui regarde le soleil de midi.

Lorsque je vois cette suite de ceps, je songe à la chanson de Pierre Dupont et je me prends à fredonner...

> Cette côte à l'abri du vent...

Donc, ce chemin, presque désert, n'est guère fréquenté qu'au moment des vendanges et par les gamins qui vont grappiller le soir, ou dans le jour pour attraper des lézards demeurant dans les trous des murs.

Maurice, élevé à Corbeil, savait tout cela.

Or, il avait remarqué que, derrière le jardin aux lilas blancs de M. Durand, il y avait un terrain inculte, fort peu protégé, sur le chemin de derrière, par un mur d'une élévation d'un mètre environ.

Les lilas étaient touffus au printemps ; mais à la fin de juillet un homme pouvait facilement se faufiler entre les branches.

On pouvait toujours essayer.

Après le dîner, Jean-Pierre et M. Durand étaient partis à la pêche comme d'habitude,

Madame Durand, aidée de Jenny avait fait la vaisselle, puis l'excellente femme avait pris son tricot et, sans doute à cause de la chaleur, n'avait pas tardé à somnoler doucement.

Chose étrange ! l'hiver elle s'endormait de même, mais alors c'était à cause du froid.

Jenny guettait ce moment pour aller rêver à l'ombre de ses arbres.

Ce soir-là surtout, elle désirait être seule.

En effet, elle avait vu face à face Jean-Pierre et Maurice.

Comme l'officier était élégant, bien pincé dans son uniforme et presque noble dans ses gestes !

Comme Jean-Pierre était simple, au contraire, ouvrier, brutal.

Elle lui en voulait presque d'avoir refusé l'argent de M. Bertrand.

Pourtant, elle ne pouvait s'empêcher d'applaudir le désintéressement du jeune homme et de lui accorder une grande part d'estime.

Mais... mais... oh ! elle ne pouvait expliquer ce mais.

Vers neuf heures du soir, alors que la nuit commençait à étendre son voile sur notre planète, Maurice sortait furtivement de chez son père et, au lieu de suivre la rue du Quatorze-Juillet, prenait une petite rue transversale et gagnait la rue de la Poterie, moins fréquentée.

Cette rue, d'ailleurs, avait l'avantage de le conduire directement à l'église Saint-Léonard.

Ce n'est pas qu'il voulût admirer les pierres de l'édifice, ni l'architecture du monument. Nous affirmerons même qu'il passa comme une ombre dans le cloître et gagna vivement le chemin des vignes dont nous avons parlé.

Une minute après, il était au pied du mur du terrain inculte contigu à la propriété de M. Durand.

Il réfléchit et s'orienta un peu.

Il fit même trente pas de plus en avant, pour tromper les regards indiscrets, s'il y en avait, puis revint, se faisant le plus petit possible.

Rien ne bougeait. Les feuilles des arbres étaient aussi calmes que les pierres du mur.

La rivière, calme aussi, n'avait aucun murmure.

Les voisins semblaient tous plongés dans le sommeil.

Ce grand calme lui suggéra une pensée.

Jenny serait-elle couchée et endormie comme toute cette nature ?

Quelque chose lui disait que non.

A dire vrai, il allait à l'aventure, absolument comme Don Quichotte.

Rencontrerait-il sa Dulcinée ?

Les amoureux ont une étoile, et Maurice, amoureux certainement, brave, c'était son métier, se disait qu'il ne perdrait pas son temps, quand même il ne ferait que reconnaître la place.

On ne prend pas une ville dès le premier jour.

A travers les arbres, il vit une lumière dans la maison du fermier de pêche, et cela lui donna de l'espoir.

C'était la chandelle des six que Madame Durand allumait pour la forme, avec l'intention de se voir tricoter des bas pour son mari ; mais, en réalité, la pauvre lumière n'éclairait que le sommeil de la brave dame.

Maurice était venu sans épée, pour être plus agile.

Il escalada facilement le petit mur et se trouva sur le chaperon.

Là, il fallait sauter ou descendre trois mètres pour être sur le sol.

Ce n'était pas une affaire. Maurice gamin eût ri d'un pareil obstacle, mais l'officier tiré à quatre épingles, comme on dit, encore mal remis de son accident, hésitait.

Il fallut le souvenir de Jenny pour dissiper cette hésitation.

Il s'aperçut que le mur était garni d'espaliers appuyés à un treillage allant de bas en haut.

Prenant des précautions pour ne point déchirer sa tunique, il posa ses pieds sur le treillage ou les branches d'arbres, se moquant des pêches ou des poires qui les garnissaient, et commença sa périlleuse descente.

Au milieu du mur, un échalas craqua sous son pied. Il perdit l'équilibre et sauta.

Il roula un peu sur l'herbe sans grand inconvénient et se retrouva debout.

Quelqu'un lui aurait dit qu'il commettait une escalade avec bris de clôture qu'il serait resté fort surpris. Il n'y pensait même pas.

Le respect de la propriété est long à germer dans le cœur des habitants des campagnes et des petites villes, et, qui le croirait? dans l'esprit des propriétaires eux-mêmes.

Après tout, ne soyons pas trop sévère. Maurice est amoureux, et c'est à ce titre seulement qu'il se permettait une action sans conséquence préjudiciable, à son point de vue, pour la propriété en question.

Il se dirigea donc vivement vers les lilas.

Un nouvel obstacle, un obstacle imprévu, se dressa devant lui.

C'était une haie qui séparait les deux propriétés. Cette haie n'était pas bien haute, mais elle était plus difficile à franchir qu'un mur, à cause des épines et du défaut de point d'appui.

Comment franchir cette barrière? Maurice se le demandait, tout en cherchant à percer l'obscurité des lilas.

Tout à coup il resta immobile; quelqu'un avait remué dans la charmille, et une ombre avait passé devant lui.

Ce ne pouvait être que Jenny.

Comment le savoir?

Le jeune officier longeait la haie à pas sourds, cherchant un passage, mais il n'en trouvait pas.

Arrivé près du mur, il chercha à se glisser dans l'étroit espace formé par l'intervalle de la haie au mur; cet intervalle était vraiment trop étroit.

Il réprima un mouvement de dépit, et en se retirant il entraîna une branche morte, qui tomba.

Ce bruit, quelque léger qu'il fût, frappa l'oreille de l'ombre du jardin voisin, et une voix timide, faible, un peu effrayée, dit tout haut, comme pour se rassurer :

— Qui est là ?

Maurice reconnut la voix de Jenny.

— Un ami, répondit-il tout bas, pour le cas où Jenny ne serait pas seule.

La jeune fille se pencha vers la haie.

— Un ami ! mais qui êtes-vous ?

— C'est moi ! dit alors le jeune homme de sa voix naturelle.

Il faut croire que Jenny connaissait déjà cette voix suffisamment, car elle s'écria en comprimant un élan de sa parole :

— Vous ! monsieur Maurice !

Et elle ajouta avec un accent plus réfléchi :

— Vous ici ! à cette heure... que voulez-vous ?

— Vous remercier comme il convient, dit l'officier, de vous à moi, sans témoins, et vous dire à la fois mon respect et ma reconnaissance.

— Non, non, fit-elle, pas en ce lieu, pas ce soir... Ah ! vous m'avez fait peur... Qui vous a dit que j'étais là ?

— Mon cœur, répondit-il.

Il y eut un instant de silence.

— Monsieur Maurice, reprit Jenny, ma mère va m'appeler, je dois rentrer, faites comme moi ; bonsoir !

— Jenny ! s'écria Maurice.

— Bonsoir ! répondit la voix en s'éloignant.

— Oh ! cette haie, murmura l'officier ; demain je prendrai mon épée, et nous verrons.

## X

### OU LE CŒUR DE JENNY PARLE SANS RIEN DIRE

Maurice fut obligé de s'en aller comme il était venu, un peu vexé, mais au fond plein d'espérance.

Jenny n'avait pas voulu le recevoir, mais elle ne l'avait pas chassé non plus.

— Simple escarmouche ! murmura-t-il ; demain nous ouvrirons la tranchée. Allons, le siège se fait dans toutes les règles, ce sera très amusant.

Le jeune homme était véritablement épris de la belle marinière, et s'il eût été maître de sa destinée, nul doute que devant le refus de Jenny il ne lui eût offert sa main et sa fortune.

La journée du lendemain parut longue à notre officier.

Il se posait cette question :

— Sera-t-elle ce soir sous les lilas ?

Et il se répondait tour à tour oui et non.

Non, parce que, si elle eût voulu l'écouter la veille, elle n'avait qu'à laisser faire ; — oui, parce que quelque chose lui disait qu'il ne déplaisait pas à la jeune fille.

Et puis, quand ce ne serait que par curiosité, par coquetterie, ou simplement pour lui dire de ne plus revenir.

C'était improbable, mais enfin c'était possible.

La journée s'écoula lentement, au milieu de ces pensées contraires.

Enfin le soir tant désiré arriva. Le crépuscule béni s'étendit sur Corbeil, et l'heure des amoureux revit le sous-lieutenant devant le petit mur.

Il fallut faire une seconde fois la descente ; plus prudent ce soir-là, Maurice choisit mieux son terrain et se trouva à terre sans accident.

Il avait son épée au côté et se promettait de faire une brèche à la haie maudite.

Il se dirigea donc vers les lilas avec précaution et non sans un certain battement de cœur.

La lumière de la veille était à la même place, et sans doute Madame Durand tricotait ou, pour mieux dire, sommeillait comme à l'ordinaire.

Bref, Maurice se dissimulant le long du mur arriva près de la haie, à l'endroit où il avait cherché passage la veille.

Il écouta. Aucun bruit ne venait troubler le silence du jardin ; aucune ombre ne passait dans le feuillage.

Jenny n'était pas là.

Notre amoureux commença à envoyer toutes les malédictions usitées en pareil cas ; il accusait père, mère et même la jeune fille, lorsque le bruit d'une porte se fit entendre et qu'un pas léger fit crier le sable sous lui.

Et Maurice pensa que ce ne pouvait être que Jenny.

Après le repas du soir, Jenny était entrée dans sa chambre, et là, pensive comme elle ne l'avait jamais été, elle songeait.

Elle ne se faisait aucune illusion sur l'effet produit par sa beauté sur le jeune officier ; elle était bien fille d'Ève.

Maurice était un des plus beaux et des plus riches ; il portait une épaulette et il daignait jeter les yeux sur elle. Il n'en fallait pas plus pour captiver l'esprit d'une fille de dix-huit ans.

Puis, elle se disait que Maurice devait avoir d'autres prétentions que celles de prendre pour femme l'humble fille d'un pêcheur, et que, s'il l'aimait, ce devait être un goût passager, ou tout au moins un amour impossible.

Elle ne savait pas encore que les amours impossibles sont précisément ceux qui ne rencontrent pas d'obstacles, l'amour vivant surtout d'inanition.

La figure sombre et loyale de Jean-Pierre venait aussi devant les yeux de Jenny.

Il l'aimait bien aussi, celui-là ; elle n'en pouvait douter, la coquette ! D'un mot, d'un geste, elle le faisait heureux ou malheureux.

La vie avec Jean-Pierre était celle qu'elle pouvait ambitionner ; elle serait la maîtresse de la maison, elle serait adorée, elle serait tout ce qu'elle voudrait... mais...

Ici le visage de l'officier revenait et s'imposait plus impérieusement dans l'esprit, sinon dans le cœur de Jenny.

Et elle restait indécise, regardant tomber la nuit sur le jardin désert.

Si, dans ce moment, Jean-Pierre fût venu et eût pris la main de Jenny dans les siennes, comme il l'avait fait une fois, il est probable que la jeune fille ne fût pas allée au jardin et que Maurice en eût été pour ses escalades et ses frais de galanterie ; mais le pêcheur était au travail.

Cependant Jenny venait de se dire :

— Non, je ne dois pas y aller !

Elle sentait que de cette démarche dépendait le repos de sa vie.

Et son honneur, et celui de son père, qu'elle risquait de compromettre si elle était surprise avec le bel officier !...

Non, elle n'irait pas.

Elle se leva pour aller réveiller sa mère et se coucher, afin de mieux résister à la tentation.

Elle s'approchait de la fenêtre pour jeter un regard, un bonsoir à ses chers lilas, lorsqu'elle vit sur la route une forme svelte se découper sur le fond sombre des vignes.

Et malgré elle, tout bas, plutôt du cœur que des lèvres, elle murmura :

— C'est lui !

— Mon Dieu, dit-elle, s'il restait là toute la nuit ! Ce serait mal, d'abord, de le faire attendre ainsi, sachant qu'il est là... et puis, il peut être découvert par quelqu'un, par Jean-Pierre lorsqu'il rentrera cette nuit... je serais soupçonnée... J'irai ce soir, j'irai lui dire que je ne puis le recevoir... Cela conciliera tout. Allons.

C'est alors que Maurice entendit le bruit de la porte et un pas dans le jardin.

Jenny alla droit au mur et vit avec satisfaction que la brèche n'était pas élargie.

Dès que Maurice l'aperçut il s'écria, mais à voix basse :

— C'est vous, Jenny ! Oh ! merci, merci.

— Monsieur Maurice, répondit Jenny d'une voix qu'elle s'efforçait de rendre sévère, je suis venue parce que je vous ai vu et que je ne voulais pas vous savoir si près de moi toute la nuit.

— Que voulez-vous dire ?

— Je veux dire qu'hier j'ai pu vous parler, car vous m'avez surprise et j'ignorais votre présence, mais qu'aujourd'hui je ne puis ni ne dois vous entendre.

— Quel mal faisons-nous donc ? demanda-t-il.

— Aucun, certainement, mais ce n'est pas ici que nous devons nous voir.

— Oh ! dit-il, je m'étais trompé. Je voulais vous donner mon nom et ma vie, Jenny, parce que je croyais... Oh ! pardonnez-moi, j'avais cru voir que je ne vous étais pas indifférent... Mais vous ne m'aimez pas... J'aurais dû m'en douter, d'ailleurs... Peut-être êtes-vous fiancée à ce jeune homme, mon sauveur... Je dois me retirer devant lui, c'est justice.

Jenny aurait dû dire oui, mais elle tomba dans le

piège. Maurice se faisait humble pour être élevé, il accusait Jenny pour n'être pas accusé.

— Monsieur, dit-elle, je ne suis fiancée à personne ; Jean-Pierre est un honnête garçon que j'aime comme un frère et qui le mérite.

— Qui dit le contraire ? reprit vivement Maurice, sentant qu'il gagnait du terrain. Tenez, Jenny, écoutez-moi seulement cinq minutes.

— Non, dit-elle.

—Il le faut, cependant ; je veux que vous sachiez qui je suis ; je veux que vous m'estimiez, si vous ne pouvez me donner plus, et pour cela il faut que je vous dise ce que j'ai dans le cœur et pourquoi je viens ici, la nuit, vous parler seul à seule, au lieu d'aller droit à votre père, lui demander votre main.

— Je ne dois pas vous entendre, dit-elle faiblement.

— Alors, dit-il, il fallait me laisser dans la Seine, je ne souffrirais pas comme je souffre.

— De quoi s'agit-il donc ?

Maurice, tout en parlant, ébréchait la haie pour se frayer un passage.

— Si vous entrez de ce côté, dit Jenny avec volonté, je ne reviendrai jamais ici.

— Vous êtes cruelle, dit le jeune homme, mais j'obéis.

— C'est à cette seule condition que je consens à vous accorder ce dernier entretien.

— Jenny, commença Maurice, depuis le jour de la fête d'Essonnes, où je vous vis pour la première fois, je ne puis dormir sans voir votre image adorée dans mes rêves.

— Monsieur Maurice, interrompit Jenny, j'avais raison de dire que je ne voulais pas vous entendre. Lorsqu'on aime un honnête fille, on vient la demander à ses parents. Demandez-moi donc à mon père et vous saurez alors ma réponse.

— Jenny, je vous en supplie...

— Je n'écouterai rien de plus, dit la jeune fille presque à haute voix ; adieu, monsieur Maurice.

Et Jenny reprit le chemin de la maison.

Maurice, désappointé, se mit à siffloter entre ses dents.

— La petite est rusée, murmura-t-il ; elle veut se faire épouser. Morbleu ! elle en vaut vraiment la peine.

Le lendemain, Maurice interrogea adroitement son père et, sans parler de Jenny, il lui avoua qu'il avait un amour pour une jeune fille honnête.

M. Bertrand sourit.

— Je ne demande pas son nom, répondit-il ; mais quelle qu'elle soit, tu comprends que je ne donnerai pas mon consentement.

Maurice supplia, menaça de briser sa carrière, tout fut inutile.

— Mon ami, disait le père, je m'y connais mieux que toi. Si je te laissais faire, tu ferais une grande sottise, d'autant plus grosse qu'elle serait irréparable. Ta femme est charmante et tu l'adores ; elle t'aime aussi, c'est convenu ; elle ne pense pas à ta fortune aujourd'hui, je l'admets ; mais, dans quelques années, cette jeune fille sans instruction et sans fortune nuira à ton avancement ; tu considéreras que, si tu avais épousé la fille d'un général, par exemple, et tu le peux, puisque tu auras de moi vingt mille francs de rente, tu pourrais comme un autre arriver à la graine d'épinards, puis à la députation. Que diable ! on n'est pas toujours amoureux.

— Mais, mon père, je l'aime comme un fou !

— Comme un fou est le mot, dit M. Bertrand ; je ne te défends pas d'aimer cette petite, parbleu, mais aime-là comme un sage.

— Comme un sage ? répéta Maurice en regardant son père.

— Eh bien, oui ! n'y a-t-il pas un proverbe qui dit :
— Il faut que jeunesse se passe...

Et il tourna le dos à l'officier, le laissant tout ébahi.

— Mon père a raison, se dit Maurice, et je suis un sot. De deux choses l'une, ou Jenny se moque de moi et alors je n'obtiendrai rien, ou elle m'aime et me pardonnera de lui désobéir. Des deux façons je saurai ce soir à quoi m'en tenir.

Le soir, comme les neuf coups sonnaient à Saint-Léonard, Maurice, exact comme un soldat, franchissait le mur et avançait vers la haie.

Il alla à la brèche et, résolu, il tira son épée, élaguant les épines sans se soucier du bruit qu'il faisait.

D'ailleurs, il pensait bien que la jeune fille se ferait attendre un peu.

En cinq minutes le passage était suffisant pour faire place au jeune homme.

Il s'était promis de ne s'arrêter devant rien et il se tenait parole ; aussi n'hésita-t-il pas à se glisser dans les lilas et même à avancer dans la cour.

Là, il s'aperçut qu'il n'y avait aucune lumière dans la maison. Cette contrariété lui fit frapper du pied avec impatience.

— Ils sont couchés, et je crains d'en être pour ma course.

Il se retira dans les feuilles et attendit.

La demie de neuf heures sonna, puis dix heures. Maurice comprit qu'il passerait ainsi la nuit et résolut de se retirer.

Que ferait-il si, le lendemain, Jenny persistait dans son refus de paraître ?

Il avait la nuit pour y songer.

Le lendemain matin, il s'éveilla sans avoir pris un parti, mais plus amoureux que jamais.

C'était samedi, et son congé finissait le lendemain dimanche.

Une idée lui vint.

La politesse exigeait qu'avant son départ il allât remercier encore une fois ses sauveurs.

Sans Jenny, il se fût certainement dispensé de cette visite, mais l'amour rend inventif.

Le soir donc, au moment du dîner, et comme la famille Durand allait se lever de table, Maurice Bertrand, en grande tenue, se présenta lui-même sans cérémonie.

Il venait, disait-il, serrer la main à ce brave Jean-Pierre et à M. Durand, et saluer ces dames, avant de retourner au régiment qu'il n'aurait jamais revu sans le courage du premier et les soins des autres.

En voyant entrer Maurice, Jenny avait senti le rouge lui monter au visage, et lorsque l'officier avait dit : — Je pars demain, — elle avait pâli et s'était sentie défaillir.

Ce jeu n'échappa pas à Maurice, pas plus qu'à Jean-Pierre, car tous deux étudiaient son visage pour des motifs différents.

M. et Mme Durand remercièrent sincèrement l'officier de sa politesse et lui souhaitèrent avancement et prospérité.

Maurice attendait cela. Il prit un air grave, presque mélancolique, et dit lentement en regardant Jenny :

— Merci de vos souhaits, mes amis, j'en ai besoin; car, dans le noble métier des armes, la vie d'un jeune homme comme moi ne tient qu'à un fil.

Jenny, qui s'était levée, s'appuya au dossier de sa chaise.

— Et vous, mademoiselle, continua Maurice, ne souhaitez-vous pas quelque chose d'heureux à celui qui s'en va ?

La jeune fille fit un violent effort sur elle-même et, d'une voix mal assurée, elle répondit :

— Monsieur, je joins mes vœux à ceux de mes parents.

— Ils devront être exaucés alors, fit sentencieusement Maurice en approchant de Jenny ; — mais comme
il se peut que je n'aie plus jamais le plaisir de vous
revoir, mademoiselle, permettez-moi de vous baiser la
main.

Il prit la main de Jenny immobile et la porta à ses
lèvres ; et, se penchant jusqu'à l'oreille de la jeune fille :

— Ce soir ! dit-il tout bas, si bas que Jenny l'entendit
à peine.

— Non, fit-elle plus bas encore, pendant que Maurice la saluait une dernière fois.

Jean-Pierre n'avait pu entendre, mais il avait vu
remuer les lèvres, et, la jalousie aidant, il se sentit sur
la trace de la vérité.

Maurice sortit, et Jean-Pierre derrière lui.

Il suivit l'officier de loin jusqu'à la rue du Quatorze-
Juillet et le vit rentrer chez son père.

— Je suis fou, se dit-il, puisqu'il s'en va demain.

Et, se frappant la tête, il répéta deux ou trois fois :
— Ils se sont pourtant parlé ; qu'avaient-ils à se dire
en si peu de mots ?

— Je veillerai.

Jenny, à bout de forces, avait gagné sa chambre ; et
là, chez elle, à genoux devant son lit de jeune fille,
regardant l'image du Christ qui la voyait dormir depuis
dix-huit ans, elle s'écria :

— Mon Dieu ! il m'aime et il part !

Et des larmes brûlantes, les premières larmes sé-
rieuses qu'elle eût encore versées, s'échappèrent de ses
yeux.

Bientôt elle se releva plus calme.

— J'ai fait mon devoir, dit-elle.

Et secrètement : — S'il m'aime, il reviendra !

# XI

## SOUS LES LILAS

Maurice Bertrand, rentré chez lui, ne dormit guère ; il prépara son plan d'attaque. Il était certain d'être aimé ; il ne s'agissait donc que d'amener le moment favorable à un entretien décisif.

Aborder Jenny était impossible, ou à peu près, surtout chez elle. Risquer de nouveau l'escalade du mur était problématique.

Il n'y avait plus qu'un moyen : Écrire.

Ce fut à cet expédient que Maurice s'arrêta. Il le fallait bien, puisqu'il n'y en avait pas d'autres.

Il écrivit une lettre et la déchira ; il en écrivit une seconde qui eut le même sort, et une troisième. Puis, enfin, il prit un peu de l'une et des autres et finit par être à peu près satisfait de son style.

Il lut et relut la missive, la mit sous enveloppe, la cacheta et mit seulement pour adresse ces deux mots:

— A vous !

Puis, content de lui, il se coucha et s'endormit du sommeil du juste.

Le lendemain matin il s'éveilla sur les huit heures. Il s'habilla avec soin et, bien paré, il sortit par la ville.

Maurice avait réfléchi que c'était ce jour-là dimanche et que Mlle Durand, comme toutes les jeunes filles bien élevées du pays, allait à la messe le dimanche.

Et, de fait, il avait raisonné juste. Seulement, quelquefois Jenny y allait seule, et d'autres fois elle y allait avec sa mère.

Donc, vers dix heures, comme les cloches de Saint-Spire appelaient les fidèles au pieux rendez-vous, Maurice Bertrand entrait par la petite porte du Cloître, en face du presbytère, trempait le bout de ses doigts dans le bénitier de droite, et, après avoir fait le signe de la croix, gagnait une chaise dans un endroit obscur, près du chœur.

Il avait sa lettre en poche, ne sachant trop comment il pourrait la remettre à son adresse, mais guettant l'instant favorable.

L'office commença, et déjà l'officier se demandait s'il verrait Jenny, lorsque celle-ci entra, se dirigeant vers les chaises qui bordaient la chaire.

Maurice se dissimula le plus possible, et ce lui fut facile de n'être point aperçu, car la fille du fermier de pêche semblait fort préoccupée et ne regardait pas plus à droite qu'à gauche.

Le jeune homme la suivit du regard, et lorsqu'il fut certain de la place qu'elle avait choisie, il fit volte-face et manœuvra de façon à se trouver derrière elle. Seulement la chaire les séparait. Maurice pouvait voir Jenny sans qu'il eût crainte d'être vu lui-même.

L'office continuait pendant cette manœuvre.

On arriva à la quête.

Le suisse frappait de la crosse pour avertir les personnes généreuses de mettre la main à la poche pour M. le curé, pour les travaux de l'église, pour les chaises, pour le denier de Saint-Pierre, pour je ne sais plus quoi et enfin pour les pauvres.

Pendant ces quêtes successives, Maurice s'était rapproché de la chaise de Jenny et, fort adroitement d'ailleurs, il avait saisi le moment où la jeune fille se détournait vers la quêteuse pour lancer, sur la chaise qui servait de prie-Dieu, le billet dicté par le diable.

Puis, battant en retraite et en bon ordre, il avait regagné l'endroit sombre pour voir la sortie.

Jenny ne vit pas tout de suite le billet ; ce ne fut qu'à l'élévation et en se mettant à genoux qu'elle aperçut le papier et que, surprise, elle lut la suscription :

« A vous ! »

Elle regarda autour d'elle et ne rencontra que des regards de femmes pieusement fixés sur l'autel ou baissés sur les livres de messe.

Ce billet mystérieux était-il pour elle ?

Elle fut obligée de se répondre affirmativement.

Au fond, un peu de curiosité aidant, elle n'était pas éloignée de croire ce qu'elle désirait ; à savoir, que M. Maurice pourrait bien être pour quelque chose dans cette surprise.

Elle laissa tomber négligemment son mouchoir sur la chaise et par conséquent sur la lettre ; puis, à la première génuflexion, elle ramassa le tout et le mit en lieu sûr.

Bientôt M. le curé donna le signal, et les chantres entonnèrent le : *Ite missa est.*

La messe était dite.

Jenny se leva vivement et Maurice la vit venir.

Il se plaça devant le bénitier et, lorsque la jeune fille avança pour prendre l'eau bénite, il s'empressa de la devancer en lui tendant ses doigts mouillés.

Jenny rougit et accepta.

Maurice avait un air triste et sérieux qu'elle ne lui connaissait pas.

Elle voulait lui dire : — Ne me suivez pas ; mais cela était inutile, l'officier la salua profondément et s'enfonça dans l'intérieur de l'église.

La jeune fille, émue et anxieuse, sortit précipitamment. La lettre dont elle devinait l'origine la brûlait.

Elle n'osait l'ouvrir dans la rue et la lire à la face de toute la ville.

Lorsqu'elle fut rentrée, le déjeûner était servi. Il fallut manger avant de connaître le contenu du billet.

Enfin, vers une heure, libre enfin, Jenny se précipita dans sa chambre.

Elle tira la lettre de sa poche et la tourna et retourna sans oser l'ouvrir.

6.

Oh ! tout lui disait que c'était de *lui*.

Mais que pouvait-il lui dire ?

Ce qui la tranquillisait et l'effrayait à la fois, c'est que Maurice partait le soir.

Était-ce un adieu pour toujours ? était-ce un rendez-vous ?

L'adieu lui faisait venir des larmes aux yeux, le rendez-vous lui faisait peur.

C'est dans ces pensées que, brisant le cachet, elle ouvrit la lettre du jeune sous-lieutenant.

Aux premiers mots qu'elle lut, son cœur bondit ; elle ferma les yeux et fut plusieurs minutes à reprendre la force de continuer.

Elle avait lu :

« — Ma Jenny, ma fiancée. »

— Mon Dieu ! dit-elle, moi, devenir sa femme ! Un tel bonheur serait-il possible ?

Et elle continua :

« Vous avez refusé de m'entendre, Jenny, et je suis le premier à applaudir le sentiment qui vous a fait agir.

« Pourtant, vous m'aimez comme je vous aime, je le sens, et les élans de mon cœur ne peuvent me tromper.

« Oui, sur le souvenir de la sainte femme qui fut ma mère, je veux que vous soyez ma femme ; vous ne pouvez douter ni de mon amour profond, ni de mon courage ; je vaincrai tous les obstacles, et un jour prochain nous serons unis.

« Mais, pour maintenir ce courage, il faut que je vous voie, il faut que vos yeux me disent que je dois espérer.

« Si je repartais sans vous voir, oh ! je ne fais pas de fanfaronnade, je mourrais !

« Jenny, mon adorée Jenny, tout est là, vous voir ou mourir !

« A ce soir !

« MAURICE. »

La jeune fille lut et relut ce billet. Maurice l'aimait, il promettait, il jurait même de devenir son époux. Elle devait le croire, ou alors il n'y avait plus d'honneur en ce monde.

Devant un désir aussi violent que celui éprouvé par Jenny, les objections ont bientôt disparu.

Elle se disait bien que le rendez-vous demandé par Maurice était en dehors des convenances ; qu'il aurait été plus naturel de se présenter franchement à M. Durand et de demander sa main ; mais il y avait M. Bertrand, qui pouvait élever des difficultés, et précisément il était utile d'écouter Maurice pour savoir à quoi s'en tenir à cet égard.

Jenny n'eut aucune peine à se persuader qu'il fallait absolument accepter ce rendez-vous, le dernier, bien entendu !

Et elle relisait le billet qui, décidément, n'était plus dangereux du tout.

D'ailleurs, que craignait-elle ? Rien. Maurice n'oserait jamais manquer de respect à celle qu'il appelait délicieusement : ma fiancée !

Et puis il partait le lendemain !

Elle résolut d'aller au rendez-vous, et cette fois de prendre des précautions pour que Maurice ne pût attendre ni appeler.

Elle descendit donc à la salle à manger et parut plus joyeuse que les jours précédents.

Jean-Pierre eut sa part de cette gaieté. Le pauvre garçon ne savait ce que cela voulait dire.

Il songeait à part lui ceci :

— Le militaire part et elle est gaie ! Il y a quelque chose là-dessous.

Le dîner fut rempli d'entrain. M. Durand souriait de plaisir en voyant sa fille fredonner joyeusement.

Vers huit heures, on se leva, et le patron invita Jean-Pierre à aller prendre le café à la place Saint-

Léonard, où il allait quelquefois faire sa partie de billard.

Les deux femmes enlevèrent le couvert et les restes du dîner, puis madame Durand alla causer un peu (c'était dimanche) avec les voisines, avant de se livrer à son tricot, ou plutôt à son sommeil quotidien.

Jenny resta seule, et, fermant la porte de la cour, elle se dirigea vers son cher jardin.

Le cœur lui battait bien fort. Elle ne se dissimulait pas que sa présence au rendez-vous était un aveu.

Se présenter à Maurice équivalait à dire: Je vous aime!

Elle se disait bien que c'était pour empêcher un suicide et autres choses plus ou moins sentimentales, mais le fait était là.

Jenny avança jusqu'aux lilas, hésitant à se cacher sous leur ombre.

Elle crut entendre un mouvement, un bruit, derrière ou au-dessus d'elle; elle se retourna, ne vit rien et entra vivement.

Elle sourit d'avoir eu peur.

Tout à coup elle s'arrêta. Elle ne poussa pas un cri, laissa prendre sa main et entendit murmurer:

— Jenny, merci, vous m'aimez et je suis le plus heureux des hommes!

Maurice était devant elle, un genou en terre, et dans l'obscurité elle devinait ses yeux ardents qui dévoraient les siens.

— Vous, Maurice! dit-elle machinalement.

— Ne m'attendiez-vous pas?

— Si, mais c'est pour vous dire...

— Ne dites rien, ma belle fiancée, et laissez-moi vous faire connaître, au contraire, tout ce qu'il faut que vous sachiez.

— Monsieur Maurice!

— Oh! n'ayez crainte. Venez sur ce banc, où nous

avons joué tous deux enfants, où depuis vous vous êtes assise, hélas ! sans songer à moi, mais que nous n'oublierons plus à partir de ce moment.

Il la fit asseoir sur le banc et se mit près d'elle.

Durant quelques instants un silence s'établit entre eux.

Maurice n'avait pas quitté la main de Jenny, et la jeune fille ne songeait pas à la retirer.

Leurs bouches ne parlaient pas, mais leurs cœurs causaient tout bas.

Ce fut Jenny qui prit la parole :

— C'est donc vrai, dit-elle, vous m'aimez et vous songez à me demander à mon père ?

Maurice lui pressa la main et répondit, de cette voix pénétrante inspirée par l'amour :

— Si je vous aime ! Jenny, vous le demandez ? Oh ! vous pouvez ne pas croire mes paroles, mais vous croirez ma vie tout entière, que je vous offre avec mon nom ; vous croirez le serment d'un soldat qui veut vous faire partager sa gloire et ses dangers à venir. Oui, Jenny, depuis que je vous ai revue, je n'ai plus songé qu'à vous, et si vous ne m'aimiez pas, je le sens, il me serait impossible de vivre davantage !

Tout cela était coupé de petits silences, plus éloquents que les paroles.

Jenny, ravie, écoutait les promesses du jeune homme dans une extase facile à comprendre.

Elle reprit cependant :

— Mais votre père, Maurice, sait-il que vous m'aimez ?

— Je dois avouer, dit Maurice, qu'il n'a pas tout à fait dit oui ; mais je suis fils unique et mon père m'aime beaucoup ; il est impossible qu'il refuse. D'ailleurs, je ne lui ai encore pas dit qui j'aime, mais il le saura bientôt.

— S'il refusait, cependant ?

— Non ; mais ne parlons pas de difficultés aujour-d'hui. Parlons seulement de vous, ma belle Jenny, et soyons tout au bonheur de nous aimer, là, seuls en face de Dieu, qui nous voit et entend mes serments...

Ils furent quelques minutes sans parler ; lui, laissant opérer le philtre de ses discours, elle, écoutant la voix aimée et charmante du premier amour.

La nuit entière aurait pu passer ainsi sans qu'ils eussent fait l'un ou l'autre un mouvement pour s'éloigner.

Pourtant l'homme est tellement voué au doute par sa nature qu'il éprouve le besoin de demander souvent ce dont il est certain d'avance.

— Oh ! Jenny, murmura Maurice, je ne puis croire que vous m'aimiez ; qu'ai-je donc fait au ciel pour qu'un tel bonheur m'arrive ? Dites-le-moi encore ma bien-aimée ; il faut que je l'entende de votre bouche et bien des fois, pour croire que ce n'est pas un rêve doré, qu'un effroyable réveil pourrait m'enlever...

Et, de son bras droit passé autour de la taille de la jeune fille, il l'approcha de lui et la serra doucement.

— Jenny, m'aimez-vous ? demanda-t-il tout bas.

— Maurice, je vous aime, répondit la jeune fille.

Et leurs lèvres se rencontrèrent pour la première fois et le bruit d'un baiser alla mourir dans les feuilles.

Mais, comme si ce baiser eût été un signal, quelque chose de lourd se détacha du mur et tomba tout droit devant les amoureux.

Jenny poussa un grand cri, cri inconscient, cri de frayeur.

Maurice se leva d'un bond et machinalement tira son épée, se dressant devant ce danger inconnu.

Ce danger, c'était un homme, et cet homme était Jean-Pierre....

Jean-Pierre, qui avait deviné le rendez-vous et qui avait laissé M. Durand au billard pour prendre place sur le chaperon du mur.

Il avait tout vu et tout entendu, le pauvre garçon ; il s'était contenu le plus possible ; mais au bruit du baiser, il n'avait pu résister plus longtemps.

Ce qu'il souffrait depuis une demi-heure était au-dessus de ses forces.

Jenny l'avait reconnu aussitôt ; elle s'était jetée au-devant de Maurice, pour empêcher les deux jeunes gens de s'élancer l'un sur l'autre.

Mais, avant qu'elle eût dit un mot, la porte de la cour s'ouvrit, et Mme Durand apparut sur le seuil de la maison.

— Qu'y a-t-il donc ? fit la brave dame. Jenny, est-ce toi qui as crié ?

— Oui, mère, répondit Jenny d'une voix encore mal assurée.

— Qu'as-tu donc ?

— Rien, rien du tout, je t'assure, c'est Jean-Pierre...

— C'est moi, madame Durand, c'est moi qui rentrais, ne sachant pas que Mlle Jenny était au jardin, et je lui ai fait peur.

— Que diable venais-tu faire ici à cette heure ?

— Je croyais avoir laissé ma troublette accrochée à un arbre.

— Allons, c'est bon, rentrez tous les deux, il est bien l'heure d'aller se coucher ; et Durand ?

— Il finit sa partie et ne tardera pas à venir.

— Bon, bon, fit la digne femme en poussant les jeunes gens vers la maison, je crois deviner... Jean-Pierre va souvent voir Jenny, et Jenny a des petits secrets depuis quelque temps ; j'en parlerai au père, et dame, après tout, ce garçon n'est pas aveugle et ma fillette en vaut bien une autre ; seulement, c'est encore jeune et Jean-Pierre n'a pas tiré au sort ; il faudra que j'ouvre l'œil.

Et elle sourit bien doucement en entendant les deux jeunes gens qui parlaient tout bas dans la salle à manger.

Jenny avait dit à Jean-Pierre :

— Il faut que je vous parle, monsieur Constant.

— Et moi aussi, mademoiselle, demain matin.

— A demain.

Maurice avait repassé la haie, et il regagnait vivement sa demeure en se frottant les mains.

# XII

### LE TIRAGE AU SORT

Le lendemain matin, Jenny et Jean-Pierre se rencontrèrent facilement, car ils se cherchaient.

Ils se trouvèrent seuls dans la salle à manger.

Ce fut Jenny qui prit la parole.

— Hier soir, monsieur Constant, dit-elle, vous vous
êtes permis de surprendre l'entretien que j'avais avec
un autre; peut-être avais-je tort d'avoir reçu M. Bertrand, mais vous conviendrez que c'était mon affaire et
non la vôtre.

Jean-Pierre inclina la tête sans répondre.

Jenny fut obligée de continuer.

— M. Bertrand doit être parti de Corbeil à cette
heure; c'est vous dire que je ne le reverrai pas; je n'ai
donc pas à vous défendre de m'espionner une autre
fois.

Elle leva sur Jean-Pierre un regard qu'elle voulait
rendre courroucé.

Le jeune homme la regardait immobile. On eût dit
que rien de ce que venait de dire Jenny ne l'avait
touché.

Elle, impatientée de ce silence, reprit :

— Répondez-moi donc !

Alors Jean-Pierre dit :

— Un jour, pauvre enfant coupable et pris en faute,
j'entrais ici ; vous étiez une enfant aussi, mademoiselle,
et vous vîntes demander ma grâce. De ce moment, que
je n'oublierai jamais, je me suis dit que je vous appar-
tenais. Et je vous appartiens. Vous pouvez me dire
toutes les injures, me marcher sur le cœur, jamais,
entendez-vous, jamais je ne me plaindrai. L'amour...

l'amitié que je vous ai vouée, si le mot amour vous déplaît, sera là près de vous, toujours, veillant sur vos moindres actions, non pour vous espionner comme vous le disiez tout à l'heure, mais pour vous défendre.

Jenny fit un geste qui signifiait :

— Je me défendrai bien moi-même.

— Oui, je sais, reprit Jean-Pierre, celui que vous me préférez...

— Qui vous l'a dit?

— J'ai entendu, puisque j'espionnais.

Jenny baissa les yeux et rougit.

— Oh! je sais oublier et me taire, continua le jeune pêcheur. D'ailleurs, je devais m'attendre à ce qui arrive; être aimé de vous, Jenny, ce rêve était trop beau. C'est moi qui ai tort; vous êtes libre de donner votre sourire à qui bon vous semble. Vous le voyez, je ne suis pas jaloux.

La jeune fille, interdite, n'osait plus le regarder.

Il continua :

— Je sais tout! Maurice Bertrand vous aime et vous l'aimez. Il vous a promis de vous épouser et vous l'avez cru...

— Le croyez-vous capable d'un mensonge?

— Non. Il vous aime assez pour tenir sa promesse. Je le crois du moins. Ce que je veux vous dire, c'est autre chose. Jenny, quoi qu'il arrive, que ce monsieur vous épouse ou qu'il vous oublie, je suis là; à quelque heure qu'il vous convienne de m'appeler, je serai à vous; mais aussi, si cet homme vous trompait, il n'y aurait pas de puissances au ciel, comme sur la terre, pour me défendre de vous venger!

Sur ces paroles, il sortit, laissant la jeune fille en proie à une émotion bien compréhensible.

Elle le regarda se diriger vers la rivière.

— Mon Dieu! murmura-t-elle, si Maurice me trompait? Celui-ci m'aime, lui, comme je ne serai jamais aimée...

Si Jean-Pierre fût revenu en ce moment, s'il eût parlé, qui sait? Mais le jeune homme était trop épris pour être diplomate dans cette circonstance, et trop loyal pour jouer avec son amour.

Quelques jours après cette conversation, M. Durand annonça au dîner que tous les jeunes gens devant avoir vingt ans révolus au 31 décembre étaient obligés d'aller se faire inscrire à la mairie, pour faire partie de la prochaine conscription.

— A propos, ajouta-t-il en s'adressant à Jean-Pierre, quel âge as-tu, garçon ?

Jean-Pierre n'avait pas songé à ce détail.

— Mais, dit-il, j'ai vingt ans depuis un mois.

— Bigre ! fit M. Durand, sérieux tout à coup.

— Eh bien, quoi? demanda Jean-Pierre.

— Tu vas tirer au sort au mois de février ou mars ?

— Certainement.

— Et si tu amènes un mauvais numéro ?

— Je partirai.

— Diable !

Et le fermier songeait que, si Jean-Pierre partait, la pêche allait péricliter. Disons bien vite que ce ne fut qu'une pensée rapide, et que l'amitié véritable qu'il avait pour son compagnon fit disparaître aussitôt tout calcul égoïste.

— Mettons tout au pis, dit-il ; tu amènes un mauvais numéro, soit ; il y a peut-être moyen de te faire exempter.

Jean-Pierre sourit.

— Je ne suis pas faible de complexion, ni poitrinaire.

— Heureusement non, mais soutien de famille.

— La mère Marie n'est pas ma mère.

— C'est vrai. Mais il y a d'autres cas ; et puis, les protections... M. Bertrand, dont tu as sauvé le fils !...

— Ne parlons pas de cela, dit fortement Jean-Pierre, je ne veux rien devoir à personne, et surtout à M. Bertrand ; et puis, se faire exempter pour faire partir un autre à sa place, c'est une lâcheté.

— Bien, ça ! dit le fermier ; pardonne-moi, petit gas, je n'y pensais pas.

Petit gas, c'était le terme d'amitié du père de Jenny.

— Voyons, reprit M. Durand, on peut trouver autre chose de plus loyal. Il y a des compagnies d'assurances qui, pour six ou sept cents francs, vous garantissent contre la mauvaise chance.

— Je n'ai pas cette somme, patron ; et puis, vous le savez, le métier de pêcheur est rude, mais peu lucratif : en supposant que quelqu'un veuille bien me prêter cet argent, quand et comment le rendrai-je ?

— C'est-à-dire que tu espères tirer un bon numéro.

— Le tirer, c'est possible, mais l'espérer, je ne l'espère pas.

— Pourquoi donc ?

— Je n'ai pas de chance.

Et il regarda Jenny, laquelle baissa vivement les yeux.

Si elle avait dit : — Je mets de moitié dans le jeu de Jean-Pierre... oh ! alors, c'eût été autrement ; mais elle ne le dit pas.

M. Durand cherchait toujours.

— Tu as peut-être raison d'attendre, dit-il ; si tu as un bon numéro, c'est sept cents francs de gagné ; mais si tu en prends un mauvais, dame, ça coûtera quinze cents francs pour acheter un homme.

Jean-Pierre sourit.

—Quinze cents francs, dit-il, ça fait trop de coups d'épervier. Décidément, ça doit être bon de servir la France : est-ce qu'il n'y a pas une chanson intitulée *le Conscrit de Corbeil ?*

— Oui, dit M. Durand, je l'ai entendu chanter à mon père ; c'était en 93 :

> Le conscrit de Corbeil
> Qui n'a pas son pareil...
> Tra la la, la la :

C'est tout ce dont je me souviens ; après, que veux-tu dire par là ?

— J'ai idée que je serai aussi un conscrit de Corbeil qui n'aura pas son pareil.

— Drôle d'idée ; est-ce que tu te trouves mal chez moi, garçon ?

— Non, père Durand ; mais voyez-vous, j'ai besoin de quitter le pays, de voyager...

Et il regarda encore Jenny, qui se sentit mal à l'aise.

— Bon, bon ! fit le fermier de pêche, de prendre l'air, n'est-ce pas ? Comme s'il n'y en avait pas assez ici, sur la Seine. Allons, je vois ce que c'est.

Il regarda sa femme en souriant.

— Petit gas, il y a de l'amour là-dessous ; on arrangera tout ça et tu ne partiras pas.

Jenny avait compris ; elle se leva et alla au jardin. Elle étouffait.

Jean-Pierre vit cela, et tristement il répondit :

— Merci, monsieur Durand, mon second père, mais je crains que ce que vous désirez ne soit plus possible.

— Pourquoi donc ?

La mère de Jenny intervint.

— Tu aimes Jenny, mon enfant ; pourquoi ma fille ne t'aimerait-elle pas comme nous t'aimons tous ici ?

— Parce que... fit Jean-Pierre.

Et après un effort :

— Parce qu'elle en aime un autre.

— Un autre ! s'écria la mère, et qui donc ?

— Ceci n'est pas mon secret, répondit le pêcheur,

mais, je vous en prie, ne dites rien. Je veux être aimé, c'est vrai, mais je ne veux pas être accepté par pitié ; quand il sera temps de me déclarer, je vous le dirai, et si ce jour-là arrive, je ne partirai pas. C'est tout ce que je puis vous dire en ce moment.

M. et Mme Durand se regardèrent attristés.

Jamais ils ne s'étaient demandé à qui ils donneraient leur Jenny, et tout à coup cela éclatait devant eux.

La donner à Jean-Pierre était tout naturel. D'ailleurs, ils aimaient le jeune homme comme leur fils.

Il n'avait pas de fortune, mais il avait des bras, et ce qu'ils possédaient lui reviendrait un jour.

Il n'avait pas de famille, mais ils étaient eux-mêmes sa famille. En vérité, c'était tout simple.

La mère dit, après le départ de Jean-Pierre :

— Si j'en parlais à Jenny ?

— Non, dit M. Durand, attendons. Il y a quelque chose entre ces enfants qu'il faut que nous sachions ; rien ne presse. Veille de ton côté sur ta fille, je veillerai du mien sur le garçon, et ce sera bien le diable, si nous ne trouvons pas la vérité. Dans tous les cas, femme, Jean-Pierre a bien gagné son homme.

— Tu lui achèteras un remplaçant ?

— Parbleu !

— Cré nom ! comme dit la mère Marie, faut que je t'embrasse.

Et Mme Durand sauta au cou de son mari et l'embrassa, comme lorsqu'elle avait vingt ans.

L'hiver vint et n'amena avec lui aucun éclaircissement dans la situation ; seulement, chose étrange, Jean-Pierre semblait plus gai et Jenny plus triste.

Les époux Durand en auguraient que les affaires allaient bien.

La jeune fille allait régulièrement à la messe le dimanche, et le soir rentrait plus tôt dans sa chambre.

On n'avait plus entendu parler de l'officier. Cependant quelques bavardes avaient chuchoté qu'on avait vu un beau militaire se promener, un soir de vendanges, dans le sentier des vignes, et ce qui compliquait le cancan, c'est qu'il avait à son bras une grande et jolie fille.

Seulement personne n'avait reconnu celle-ci.

Ce bruit vint aux oreilles de Jean-Pierre. Il avait assez d'amis pour qu'il y en eût un qui lui annonçât une fâcheuse nouvelle.

Il guetta.

Ce n'était pas l'espion, cette fois; c'était l'amoureux autorisé par les parents qui voulait et qui devait savoir la vérité.

Il attendit le dimanche et, le soir, lorsque Jenny fut rentrée dans sa chambre, il monta dans la mansarde où il couchait.

Lorsque tout bruit fut mort dans la maison et dans la rue, il fut pris d'un grand courage et, pieds nus, il descendit son échelle de meunier et vint jusqu'à la chambre de Jenny.

Il écouta à la porte et n'entendit rien.

La clef était à la serrure. Il ouvrit doucement, comme un voleur.

Oh! ce qu'il faisait était mal, mais il souffrait tant!

La porte ouverte, Jean-Pierre écouta de nouveau.

Rien, aucun bruit, aucun souffle; la respiration de la personne endormie ne se faisait pas entendre.

Il se dit alors que, si Jenny était là et le surprenait, sa situation serait au moins singulière.

Mais Jean-Pierre avait une réponse qui avait toujours réussi.

Il dirait la vérité.

Sur la pointe du pied, il avança jusqu'au lit.

La lune donnait en ce moment une faible clarté dans le chaste dortoir de la jeune fille.

Hélas ! le lit n'était pas défait et la chambre était vide !

Le lendemain matin, Jenny, souriante, demanda à Jean-Pierre s'il avait bien dormi, comme elle le faisait souvent par politesse.

— Oui, répondit le garçon ; j'ai rêvé que vous épousiez M. Maurice Bertrand et que je tirais le n° 13.

Jenny ne répondit rien et courut cacher sa rougeur dans sa chambre.

Et ce que venait de dire le pêcheur était la vérité. Le sous-lieutenant et le n° 13 étaient deux cauchemars qui accompagnaient généralement son sommeil.

Le mois de mars arriva, et avec lui le jour fatal.

La mère Marie n'avait pas été sans demander depuis longtemps déjà à Jean-Pierre ce qu'il espérait faire. Elle avait agité toutes les cordes qu'avaient touchées M. Durand, mais elle n'avait pas été plus heureuse que lui.

Son fils avait toujours répondu par ces mots pleins d'espoir :

— Je tirerai un bon numéro !

Le 7 mars au matin, tous les jeunes gens du canton, qui en chapeau, qui en casquette, la tête enrubannée de plusieurs couleurs, et précédés d'un vieux troupier battant la caisse, parcouraient en chantant les rues de la ville de Corbeil.

Chaque commune avait son drapeau. Les conscrits arrivaient les uns par quatre, les autres par dix, les autres par quinze.

Ceux qui se trouvaient peu nombreux se joignaient à leurs voisins.

Les conscrits de Corbeil, les plus nombreux, naturellement, étaient les plus regardés.

Les pères et les grands parents suivaient, se souvenant de leur jeune temps et fêtant un peu trop la dive bouteille.

Au milieu du groupe des Corbeillois ou des *Corbillards,* comme on dit dans le pays, on remarquait Jean-Pierre, le plus grand et le plus beau garçon de cette année-là.

Il était aussi le plus enrubanné. La mère Marie avait fourni le ruban et Jenny avait offert sa quote-part.

M. Durand accompagnait son *petit gas.*

En voyant passer les conscrits, les jeunes filles, sur le seuil des portes, ou aux fenêtres, leur faisaient des signaux et lançaient des paroles d'encouragement.

Quelques-unes se disaient :

— Mon mari futur est là.

Il n'y avait que les mères qui n'étaient pas gaies.

Elles prononçaient des paroles d'espoir, mais l'inquiétude torturait leur sourire.

Pauvres femmes !

Elles ont élevé vingt ans le fruit de leurs entrailles, et un jour, alors que ces enfants sont presque des hommes, la patrie, cette autre mère, armée de la loi, cette déesse inflexible, vient leur prendre leur trésor, pour le jeter aux hasards de la guerre, cette Euménide inutile !

Ah ! nous le croyons fermement : il arrivera un jour où les peuples, débarrassés des rois, fraterniseront, et où le bronze ne servira plus qu'à élever des statues aux grands hommes !

La place de la mairie était encombrée de monde.

Bientôt midi sonna.

Les maires des vingt-cinq communes du canton, ceints de leur écharpe, entrèrent à tour de rôle, suivis des conscrits.

Les parents, les amis, les curieux, restèrent à la porte.

Une demi-heure après, le premier qui avait tiré sortit.

Il était radieux.

7.

— 115 sur 116 ! dit-il triomphalement.

— Et Corbeil ? dirent plusieurs voix.

— Corbeil tire le dernier

— Malheur ! fit un vieux père, il ne restera plus que les mauvais numéros.

—Peut-être ! dit M. Durand ; c'est le hasard.

Et les suppositions se succédaient sans se ralentir.

A chaque instant un jeune homme sortait, gai ou soucieux, suivant le numéro qu'il avait tiré, et il allait acheter la feuille coloriée traditionnelle, qu'il attachait à son chapeau portant le chiffre qui lui était échu.

Cela dura une heure.

Soudain un jeune homme de Corbeil parut ; il avait le 99. Un battement de mains général le salua.

Trois autres le suivirent, deux avec de bons numéros, le troisième avec un douteux.

C'est toujours un espoir jusqu'à la revision.

Le cinquième arriva.

Son visage impassible ne disait rien. C'était Jean-Pierre.

Dans la foule, il aperçut M. Durand et la mère Marie.

Il leur envoya un sourire.

Une voix cria :

— Quel numéro ?

Et Jean-Pierre répondit, d'une voix mâle et presque joyeuse :

— Le numéro 13. — Vive la France !

La mère Marie fit un bond jusqu'à M. Durand.

—Il ne partira pas, lui dit-elle.

—Non, dit le fermier de pêche en lui serrant la main.

# XIII

## LA MÈRE MARIE SUR SON TRENTE-ET-UN

Le numéro 13, qu'avait tiré Jean-Pierre, amena plusieurs conversations particulières entre les différents personnages de cette histoire.

Nous les reproduirons simplement, sans commentaires.

La première eut lieu tout de suite au café Denis, en face de la place du Marché, où les conscrits faisaient leur première halte.

Le patron et le compagnon trinquaient.

Et le patron était plus triste que le conscrit.

Après avoir vidé son verre d'un seul coup, comme un digne pêcheur, le père Durand commença sa petite allocution.

— Voyons, petit gas, dit-il, tu ne peux te faire aucune illusion sur ton numéro; c'est ce qu'on peut appeler un pas de chance.

— Je l'avais prédit, et j'y comptais dit Jean-Pierre.

— Bon; je suis content de te voir prendre la chose du bon côté, mais je suppose que tu aimerais autant continuer à faire la pêche aux brochets, que de passer sept ans à jouer de la clarinette de cinq pieds ou à étriller chaque matin un poulet d'Inde?

— Peut-être oui, peut-être non, répondit Jean-Pierre.

— Je ne m'explique pas ton raisonnement.

— Il est bien simple. Je veux bien rester sans rien devoir à personne; je veux partir, si je dois avoir des obligations à n'importe qui.

— Ecoute, continua le patron. Je suis pas un prêteur

d'argent ; entre nous, garçon, ce n'est pas un prêt ; en un mot, je puis trouver la somme.

— Ça vous gênera.

— Je ne dis pas non, mais n'importe ; soyons francs, veux-tu ?

— A coup sûr.

— Eh bien ! c'est la dot de Jenny.... prends les deux.

Et le père tendit la main à son compagnon, s'attendant à une chaude étainte.

Jean-Pierre saisit, en effet, la main qui s'offrait à lui.

— Merci, dit-il, merci cent fois, monsieur Durand, mais je ne puis accepter.

— Pardieu, voilà du nouveau !

— Je n'aime pas mademoiselle Jenny, fit-il plus bas, si je n'en suis pas aimé.

M. Durand resta un instant stupéfié.

— Impossible ! dit-il ; je suis sûr du contraire ; demain nous recauserons de cela.

Jean-Pierre sourit de son bon sourire.

— Tenez, monsieur Durand, dit-il, je vous dis que j'ai la vocation ; je deviendrai général, vous verrez.

— Caporal ou tambour, ajouta M. Durand, répétant le dicton ; m'est avis qu'il vaut mieux rester pêcheur que d'aller se faire casser les côtes pour le roi.

— Pour la patrie ! dit Jean-Pierre.

M. Durand regarda autour de lui, puis tout bas :

— Autrefois, du temps de mon père, c'était pour la patrie, en effet, et c'était beau ; mais aujourd'hui, gas, c'est pour un homme, et c'est vilain.

Jean-Pierre ne répondit rien. Il lui importait peu au fond. S'il partait, s'il voulait mourir, ce n'était pas tout à fait pour la France, c'était pour oublier Jenny.

Ils causèrent ainsi jusqu'au dîner, allant de cabarets en cafés et de cafés en cabarets, suivant les autres conscrits et les amis.

Au dîner, la mère Marie était présente.

Elle lança quelques paroles qui restèrent sans réponse, mais M. Durand lui avait dit d'être tranquille, qu'il ferait les fonds.

Pourtant une secrète inquiétude la possédait.

Au sortir de table, elle prit Jean-Pierre à part.

— Voyons, lui dit-elle, parle-moi franchement. Que veux-tu faire?

— Mère, dit-il, je ne vois aucun mal à être soldat.

— Soldat, toi?

— Pourquoi pas? La seule pensée qui me chagrine, c'est de te quitter; mais si cela arrivait, ton sort serait assuré.

— Ne t'occupe pas de moi, reprit la vieille femme; grâce à M. Durand et à ma place au marché, je gagne ma vie, et à mon âge il me faut, Dieu merci, peu de chose pour exister; c'est de toi qu'il s'agit.

— Moi! oh! je ne crains pas l'exercice.

— Tu ne me comprends pas ou tu ne veux pas me comprendre.

— Explique-toi, alors.

— M. Bertrand, dont tu as sauvé le fils, peut parler pour toi ou te...

— N'achève pas, mère Marie; je veux rien de ces gens-là!

La mère parut réfléchir.

— M. Durand t'offre de t'acheter un homme.

— Oui, mais je refuse.

— Pourquoi? Il ne faut pas avoir de fierté mal placée.

— Les quinze cents francs qu'il faut pour mon rachat sont la dot de Jenny, et...

Il hésita. Mais la vieille savait à quoi s'en tenir.

— Et tu ne veux accepter que si la fille suit la dot?

— Oui, dit Jean-Pierre.

— Eh bien! alors, cela doit aller tout seul.

Jean-Pierre approcha sa bouche de l'oreille de sa mère.

— Tu ne diras rien, dit-il.

— Non.

— Jure-le.

— Sur tout ce que tu voudras.

— Eh bien, Jenny aime Maurice Bertrand.

La vieille laissa tomber ses deux bras.

— Je comprends tout, dit-elle ; tu as raison, pas d'argent des Bertrand, pas d'argent d'ici... mais...

— Mais... répéta Jean-Pierre.

— Je te le dirai plus tard, petit ; j'ai une idée.

Le conscrit regagna la salle à manger et les convives. Il parut plus gai que jamais.

M. et Mme Durand souriaient entre eux et se montraient Jenny.

— C'est elle qui arrangera tout, disait Mme Durand à son mari.

— Ainsi soit-il ! répondait celui-ci en versant à plein verre le vieux vin de Saintry, de la côte des Brosses.

Jean-Pierre buvait sec, que c'était un plaisir de le voir, et pourtant il ne se grisait pas.

Il guettait une sortie de Jenny et ne tarda pas à voir la jeune fille se lever pour aller à la cuisine.

Les têtes commençaient à s'échauffer.

Le garde-pêche chantait même une chanson qui captivait, en ce moment, toutes les oreilles.

Le jeune homme se leva doucement et rejoignit Jenny.

Le vin, sans le dompter, lui avait cependant donné une hardiesse qu'il n'avait jamais eue avant ce jour.

Il s'approcha de Jenny, surprise de le voir venir à elle, chose qu'il n'avait pas faite depuis la nuit de la fatale découverte.

— C'est vous, Jean-Pierre, dit-elle, affectant de sourire ; que venez-vous faire ici ?

— Vous voir, répondit le pêcheur, et vous parler.

Il avait l'air peu farouche, ce qui rassura la jeune fille.

Elle répondit en plaisantant :

— Regardez-moi, Jean-Pierre, et dites-moi ce que vous voulez.

— Merci, Jenny.

Il disait Jenny tout court, sans se gêner.

Elle le regarda étonnée.

— Jenny, reprit-il, vous venez de voir que j'ai bien peu de bonheur.

— En effet, dit Jenny, et je suis vraiment affligée de ce contre-temps; mais vous ne partirez pas, mon père l'a affirmé à ma mère.

— C'est vrai, dit Jean-Pierre, M. Durand m'a offert de me prêter quinze cents francs.

— Et mon père fait bien.

— Seulement, dit le conscrit, moi je refuse.

— Vous refusez? dit Jenny, réellement surprise, interrogeant du regard,

— Oui, dit Jean-Pierre ; il y a cependant une condition.

— Ah ! tant mieux, nous la remplirons certainement.

Elle disait vrai, car elle estimait le jeune homme, comme nous l'avons dit.

Jean-Pierre reprit :

— Voici donc cette condition. J'accepte les quinze cents francs, qui sont votre dot...

— Ma dot ! interrompit Jenny avec un brusque mouvement.

— Si, continua Jean-Pierre — qui parut ne pas avoir remarqué ce mouvement, — si vous voulez consentir à cet abandon.

Jenny courut au jeune homme et lui prit les mains.

— Jean-Pierre, dit-elle, je veux bien, et je vous remercie d'accepter.

— Merci à mon tour, fit le pêcheur, car la dot ne va pas sans la main, et vous venez de me la donner.

Jenny pâlit subitement et recula d'un pas.

Elle vit que Jean-Pierre parlait sérieusement.

— Est-ce mon père qui a dit cela? demanda-t-elle d'une voix altérée.

— C'est lui, dit le jeune homme; moi, je n'aurais pas osé.

Elle parut réfléchir un moment.

— Si je disais ouï? fit-elle.

— J'accepterais, dit le pêcheur, à la condition que ce *oui* vienne de vous seule et non pour obéir à vos parents.

— Alors, vous voulez que je vous aime.... d'amour?

— D'amour, oui.

— Et si je dis non?...

— Je partirai.

Elle releva la tête et prit de nouveau une des mains de Jean-Pierre.

— Mon frère, dit-elle, je vous aime d'amitié, mais plus, je ne peux pas...

— Jenny, je vais partir...

— Je ne peux plus! dit-elle.

Et, échappant au regard suppliant du jeune homme, elle s'enfuit vers la salle, où les chansons joyeuses continuaient au milieu des libations.

La petite noce se termina par un sommeil de plomb qui vint reposer un peu les esprits exaltés de nos personnages.

Un mois après, les conscrits furent appelés à la revision et, comme le lecteur doit le penser, notre héros, après un coup d'œil, fut déclaré excellent pour le service.

— Un rude soldat, fit le médecin examinateur; s'ils étaient tous comme cela, nous pourrions tenter de reprendre Moscou.

Ce médecin était un admirateur de l'empereur, dont M. Thiers publiait en ce moment l'histoire, histoire qui nous valut l'enthousiasme pour le deuxième empire.

— Un beau cuirassier, fit le sous-préfet.

— Ou un carabinier, dit un officier de cette arme en lorgnant le torse solide du garçon.

Jean-Pierre n'écouta pas davantage, le capitaine de recrutement ayant prononcé le : « Rhabillez-vous » traditionnel.

La mère Marie reçut cette nouvelle sans en paraître émue. Elle s'y attendait. Et puis, nous l'avons dit, elle avait son idée.

Sans perdre le temps en jérémiades, elle partit le le lendemain après la messe, de neuf heures, chez M. Girard, le curé.

Le brave prêtre venait de rentrer à son presbytère et jouait avec les enfants de chœur, suivant son habitude.

En voyant entrer la marchande de marée, il envoya les gamins au jardin et fit signe à la mère Marie de l'attendre à son cabinet.

Un instant après il la rejoignit.

— Je vous attendais, dit-il.

— Vous m'attendiez? s'écria la mère Marie surprise.

— Sans doute; votre enfant a tiré un mauvais numéro ?

— Oui, M. le curé.

— Et, comme c'est le plus beau gaillard de la ville, il a été déclaré bon pour le service.

— Vous l'avez bien dit.

— Or, vous avez frappé à toutes les portes pour éviter le départ du garçon, et comme il n'a pu trouver ce qu'il cherchait, vous venez à moi en dernier ressort.

— C'est cela, et ce n'est pas tout à fait cela, monsieur le curé, répondit la mère Marie. Nous avons des amis, et si nous voulions, nous pourrions trouver ce qu'il nous faut.

— Eh bien ! alors ?

— Mais le petit est fier, et il a raison. Il a dû refuser les offres qui lui ont été faites.

— Même celles de son patron ?

— Surtout celles-là.

— Alors, bonne mère, je n'y suis plus ; parlez, qu'attendez-vous de moi ?

— Un conseil, monsieur le curé.

— Rien qu'un conseil ? fit le prêtre en souriant.

— Rien que cela, reprit la vieille. Oh ! Jean-Pierre n'accepterait pas la charité, puisqu'il refuse un service. Je ne dis pas cela pour vous blesser, monsieur le curé, car, vous le savez, si je ne suis pas bonne chrétienne, je vous respecte plus que vous ne pouvez le croire.

— Je comprends de moins en moins, fit M. Girard.

— Vous allez comprendre, reprit la marchande. Nous ne voulons ni service, ni charité, nous voulons ce qui nous est dû, et je suis venue vous demander votre appui pour cette bonne œuvre.

— Parlez, la mère, je suis tout à vous, excepté pour ce qui concerne les secrets de la confession.

La mère Marie le regarda en face.

— Je crois que vous devinez, monsieur le curé, dit-elle.

Le prêtre réfléchit.

— Pour sauver un jeune homme, dit-il, Dieu peut permettre, non pas une indiscrétion, ce qui est défendu, mais une allusion ; ne prononcez pas les noms, et peut-être arriverons-nous à nous comprendre.

— Cré nom ! dit la mère Marie, je crois que vous êtes un bon prêtre, bien que je ne m'y connaisse pas ; mais pour sûr, vous êtes un brave homme !

Et la conversation mystérieuse commença.

Qu'est-ce que la mère Marie demanda à M. Girard,

et comment le bon curé put-il l'instruire sans trahir le secret de la confession? C'est ce que nul ne put savoir, pas même l'auteur, qui jouait en ce moment même au bouchon dans le jardin, avec les pièces de cent sous de M. le curé.

Et pourtant chacun sait combien les enfants de chœur sont curieux; presque autant que les dévots, et ce n'est pas peu dire.

Au bout d'une heure, peut-être, la mère Marie sortit du presbytère, et M. Girard la reconduisit jusqu'à la grille en lui disant :

— Courage et bonne chance, la mère, vous réussirez.

— Dieu le veuille! répondit-elle en s'éloignant.

Le lendemain matin, de bonne heure, la marchande de marée bouleversait tout dans la petite chambre de la « grande maison », qu'elle habitait toujours.

Et, d'une vieille armoire qu'elle n'ouvrait pas sou-vent, elle sortit les habillements des grands jours.

Elle étala une robe de drap d'or qu'elle n'avait pas mise depuis la première communion de Jean-Pierre, un jupon en laine tout rouge, qui faisait l'envie des voisines, un grand châle carré à ramages, dernier pré-sent de défunt le père Marie, ce qui lui donnait un âge respectable, et, enfin, un bonnet à ruche garni de rubans de plusieurs couleurs, un chef-d'œuvre de la brave femme.

Il est de fait que, vêtue ainsi, on devait la voir de loin.

Elle poussa la coquetterie jusqu'à cacher ses cheveux blancs sous un *tour* en cheveux noirs, comme on en portait à cette époque. Elle lustra les faux cheveux avec un peu d'eau, ne se servant plus de pommade depuis plus de trente ans, et contente d'elle, elle se mira complaisamment dans un petit miroir qui avait appartenu à cette pauvre madame Constant.

Ce miroir était à peu près tout l'héritage de Jean-Pierre.

Elle était prête dès sept heures du matin, mais il était sans doute trop tôt pour se rendre chez la personne qui était l'objet d'une pareille toilette.

Elle attendit fiévreusement jusqu'à neuf heures ; puis, n'y tenant plus, elle ferma sa porte et partit.

En la voyant, les voisins n'en revenaient pas.

— Dieu ! que vous êtes belle ! firent les uns.

— Où allez-vous donc ainsi ? demandaient les autres.

Et entre eux :

— Elle va à confesse ; on l'a vue hier sortir de chez le curé !

— Ah ! bien oui, à confesse ! elle ne croit ni à Dieu ni au diable ; elle va plutôt demander la main de la fille à Durand pour son Jean-Pierre.

— Vous avez peut-être raison.

— On ne va pas demander la main d'une fille à neuf heures du matin.

— C'est juste.

Une voisine, plus avisée ou plus curieuse, dit :

— Moi, je veux savoir, et je saurai.

Et elle partit à la suite de la bonne femme.

La mère Marie sortit de la rue du Quatorze-Juillet et tourna la rue du Pont ; elle n'allait donc pas chez les Durand.

Après le pont, elle prit la rue Saint-Spire jusqu'au Cloître.

— Quand je le disais ! fit la voisine qui la suivait ; elle va à confesse. On a bien raison dire : Quand le diable devient vieux, il se fait ermite !

Et, sur le passage de la bonne femme, c'était à qui ferait son petit cancan.

Les pratiques de la marchande n'étaient pas habituées à la voir sur son trente-et-un.

Elle prit sous l'arche du Cloître ; mais, au lieu de tourner à droite, pour aller au presbytère, elle tourna à gauche.

— Où peut-elle aller? se demanda la voisine.

Et elle la vit s'avancer vers une petite maison du Cloître et s'arrêter devant la porte.

C'était la maison où nous avons conduit le lecteur au deuxième chapitre de cette histoire.

La mère Marie leva le marteau de la porte et frappa deux coups.

Une voix cassée répondit à son appel :

— Qui demandez-vous?

— Monsieur Chevallier.

— C'est moi; qui êtes-vous?

— Je viens de la part de M. le curé.

— Ah! c'est différent, fit la voix derrière la porte; je vais ouvrir.

En effet, la porte s'ouvrit lentement et une tête vieille et maigre parut dans l'entrebâillement.

En voyant une femme seule, le vieillard parut moins inquiet et dit :

— Entrez, madame, et montez devant vous, je vous suis.

# XIV

## M. CHEVALLIER DEVIENT GÉNÉREUX

La mère Marie, en montant l'escalier qui la conduisait au premier étage de la maison de M. Chevallier, ne pouvait se défendre du souvenir de madame Constant, avec laquelle, il y avait treize ans déjà, elle avait gravi les mêmes degrés pour un motif analogue.

Cette fois, ce n'était pas pour la mère, c'était pour le fils que la vieille marchande allait affronter l'égoïsme du vieil usurier.

La première fois, elle ne faisait qu'accompagner madame Constant, elle n'était qu'une figurante dans l'action; cette fois, elle était le personnage principal, elle se lançait dans les premiers rôles.

Elle n'avait pas peur, la bonne femme, oh! non; à son âge on ne craint plus grand'chose; à la veille de connaître le *grand peut-être* de Rabelais, on se sent au-dessus des misères de ce monde, et l'on ne s'effraie plus pour une parole ou une impolitesse; en un mot, on ne vit plus pour soi, mais bien seulement pour ceux qu'on aime.

Et la mère Marie, qui n'aimait au monde que Jean-Pierre, ne vivait que pour lui.

Ce n'est pas qu'elle ne l'aimât aussi un peu pour elle-même. Dire le contraire ne serait pas la vérité.

Oui, elle avait une ambition.

Elle voulait, avant de s'en aller, voir son enfant d'adoption heureux, et mourir sachant qu'il lui fermerait les yeux.

Pour ce qui adviendrait ensuite, la mère s'en moquait pas mal; nous avons dit d'ailleurs qu'elle ne croyait pas à grand'chose.

Donc, en montant l'escalier, le souvenir de madame Constant lui suggérait mille pensées ; mais elle semblait résolue à ne pas reculer d'un pas, tant qu'elle n'aurait pas obtenu la satisfaction qu'elle venait chercher.

Le petit père Chevallier la suivait marche à marche, se demandant où il avait déjà vu cette grande et grosse femme.

Il arriva au palier et passa devant la mère Marie pour ouvrir la porte du bureau.

— Entrez ici, madame, dit-il avec un geste d'invitation ; nous y serons fort bien pour causer.

La mère Marie entra.

C'était le même bureau qu'autrefois, ni plus ni moins meublé : le crucifix en bois noir, éternel emblème d'un homme éternel, semblait n'avoir pas vieilli, toujours accroché à son clou rouillé. Le papier qui parait le mur était le même aussi, mais les dessins étaient presque effacés par le temps.

M. Chevallier, qui n'était pas pour les souvenirs ni pour les sentiments, prit place à son fauteuil et orna son nez d'une paire de lunettes ; puis il dit :

— Qu'est-ce qui me procure, chère madame, le plaisir de vous voir ?

Évidemment, c'était une phrase stéréotypée, que le vieux marguillier répétait souvent et par habitude.

La mère Marie n'était pas discoureuse : c'était là son moindre défaut. Elle allait droit au but ordinairement ; mais ce jour-là, paraît-il, il y avait des raisons pour qu'elle mît la sourdine à ses premières impressions.

Elle répondit donc un peu cafardement :

— Je vous ai dit que je venais de la part de M. le curé.

— J'ai bien entendu, fit M. Chevallier ; aussi, malgré mes soixante-treize ans et mes infirmités, vous ai-je reçue tout de suite madame ; mais à qui ai-je l'honneur de parler ?

La marchande ne pouvait dissimuler longtemps.

— Je suis la mère Marie, dit-elle, vous savez, la marchande de poisson !

— Oui, oui, fit M. Chevallier, faisant mine de chercher.

— C'est moi qui ai, sur votre refus, adopté le petit Jean-Pierre Constant.

M. Chevallier éprouva le besoin de remettre d'aplomb ses lunettes, qui vacillaient.

— Jean-Pierre Constant..., dit-il lentement, cet enfant orphelin... oui, je crois me rappeler... sa mère est venue avec vous il y a quelques années...

— Treize ans, monsieur.

— Déjà treize ans ! s'écria le vieillard ; Seigneur, comme le temps passe !

— Ça ne vous a pas paru long, à vous, reprit la vieille ; mais à nous, qui avons vécu Dieu sait comme, ç'a été plus dur.

— Chacun a ses peines ! fit sentencieusement M. Chevallier en levant les yeux au plafond, à défaut du ciel, tic dont il avait pris l'habitude.

Pour un usurier pieux, cela faisait bien.

La mère Marie bouillait, mais elle se contenait.

Voyant que la mère Marie cherchait à entamer son discours et, craignant quelque éclat, car il la reconnaissait maintenant, il alla au-devant en disant :

— Enfin, madame, qu'êtes-vous venue me demander ?

La question était directe. Cela plaisait à la marchande ; aussi, elle répondit plus calme :

— Voilà la chose en deux mots : Jean-Pierre, le fils de madame Constant, a vingt ans ; il a tiré au sort et a pris un mauvais numéro.

— Eh bien, en quoi cela me regarde-t-il ?

— En ceci ; c'est que vous seul pouvez lui acheter un homme, avec de l'argent qu'il ne refusera pas.

— Pour quel motif ?

8

— Parce que vous êtes son grand-père.

— C'est faux !

— Mme Constant me l'a avoué à son lit de mort.

— Je vous le répète...

— Assez ! j'ai la preuve entre les mains.

M. Chevallier se tut, puis il demanda d'un ton plus bas :

— Combien faut-il ?

— Quinze cents francs, une misère.

— Une fortune ! s'écria le vieil avare.

— Une fortune pour mon enfant, une misère pour vous, qui êtes riche.

— Moi ? pauvre femme ; mais je vis péniblement de mes petites rentes.

— Nous savons cela, et je m'attends à un refus de votre part.

— A un refus ! Mais a-t-il quelque cas d'exemption ?

— Dieu merci, non, il se porte comme un charme, le cher enfant.

— Tant pis ; peut-être aurais-je pu...

— Inutile, monsieur, nous ne mangeons pas de ce pain-là. Ni protection, ni emprunt, voilà comment nous sommes.

— Je comprends, c'est très bien ; mais alors, pourquoi m'emprunter à moi plutôt qu'à un autre ?

— A vous, monsieur, dit la mère Marie en se redressant, nous n'empruntons pas, nous demandons ce que vous nous devez ; c'est déjà beaucoup.

— Je ne dois rien, dit sèchement M. Chevallier.

— Cré nom ! fit la mère Marie ; vieux cancre...

— Madame, ces paroles...

— Me sont échappées malgré moi ; j'ai promis d'être calme et je le serai, il le faut.

— Je ne puis rien faire pour votre fils adoptif, reprit M. Chevallier, calmé lui-même ; donc je vous prie de me laisser à mes occupations.

— C'est votre dernier mot?

— Je n'en ai jamais qu'un.

— Eh bien! moi, dit la vieille en frappant le bureau de son poing, je vous dis que je ne sortirai d'ici qu'avec les quinze cents francs!

M. Chevallier fit un bond sur son fauteuil.

Il considéra cette forte femme, qui pouvait être assez vigoureuse pour le terrasser; il eut peur.

Alors il prit sa petite voix, sa voix hypocrite, et dit d'un ton doucereux:

— Ne m'avez-vous pas dit, madame, que vous veniez de la part de M. le curé?

Cette demande rappela la mère Marie à elle-même.

— Oui, répondit-elle. M. Girard est un digne homme, aussi vrai que vous êtes... le contraire.

— Mais, madame...

— Oh! je m'entends. Écoutez; encore une fois, voulez-vous, de bonne amitié, me donner la promesse de racheter notre Jean-Pierre?

M. Chevallier fit un effort.

— Si je le pouvais, ce serait avec bonheur.

— Enfin, vous refusez?

— Je ne puis... tout est là.

— Alors, ni le souvenir de celle qui vous a aimé, ni celui de votre fille, que vous avez laissée mourir de misère, ni la douleur d'une vieille femme comme moi, qui ai élevé celui qui est de votre sang, rien ne peut vous fléchir?

— En vérité, fit M. Chevallier, plus je vous écoute, madame, moins je vous comprends; tout ce que vous me dites-là est de l'hébreu pour moi; je vous en supplie, sortez, où je serai obligé d'appeler.

— Allons, dit la mère Marie, je vois qu'il faut user des grands moyens.

— Qu'entendez-vous par là?

— Oh! n'ayez pas peur, je ne veux pas vous toucher, je vais même me retirer.

— Oh! vous me ferez plaisir.

— Mais avant, il faut que je vous conte une petite histoire.

— Une histoire... vous voulez rire?

— Je n'en ai nulle envie.

— Je ne veux rien entendre.

— C'est de la part de M. le curé, dit sournoisement la mère Marie.

L'effet fut prompt.

— J'écoute, dit l'avare, mais soyez brève.

— Oh! je ne sais pas faire de phrases.

Et elle commença :

— Il était une fois un homme qui, jeune encore, vint habiter la ville de Corbeil.

— Ah! c'est ici que cela se passe?

— Tout près d'ici, fit la mère Marie ; mais ne m'interrompez pas. Cet homme avait deux désirs, ou plutôt deux passions. Il aimait la femme d'un de ses amis, et il aimait encore plus l'argent.

— Deux passions, en effet, fit M. Chevallier sans donner signe d'émotion ; continuez, madame.

— Son ami était plus riche que lui, car il était patron établi ; celui dont je parle était son ouvrier.

M. Chevallier rajusta ses lunettes, qui ne tenaient plus sur son nez.

— Or, un jour, il arriva que l'ouvrier fit la cour à la femme de son ami. Il fut repoussé. Le mari avait entrepris d'assez forts travaux ; j'ai oublié de vous dire qu'il était entrepreneur général pour toutes constructions de bâtiments ou de voies de grande communication, pour les départements ou pour l'Etat ; l'ouvrier était son commis, son pointeur, son surveillant, son second lui-même.

M. Chevallier écoutait calme et impassible.

La vieille continua en le regardant en face :

— Il fut chargé un jour (je parle du commis), de rapporter une somme de cinquante mille francs à son patron, par un banquier de Paris chez lequel l'entrepreneur avait un crédit ouvert. C'est bien comme cela que ça se dit, monsieur Chevallier ? demanda la marchande.

— Oui, parfaitement, dit M. Chevallier, absolument attentif à ce récit.

— C'est ici que l'histoire s'embrouille, dit Mme Marie ; les cinquante mille francs n'arrivèrent pas à Corbeil.

— Et par quel motif ? demanda précipitamment M. Chevallier.

— Ils furent volés en route.

— Par qui, s'il vous plaît ?...

— Voilà le mystère. Les uns ont accusé le commis, mais il fut défendu par le patron lui-même, et il put prouver qu'il avait été trouvé sur la route, près de Ris, garrotté et dépouillé.

M. Chevallier laissa échapper une exclamation.

— Et c'est la vérité, dit-il.

La mère Marie sourit malignement.

— D'autres, dit-elle, prétendirent que c'était une fable inventée entre le maître et l'employé, pour établir une faillite.

— C'est faux ! s'écria M. Chevallier.

— Vous les connaissiez, sans doute ? demanda la marchande.

— Moi, oui... c'est-à-dire, j'ai été en rapport d'affaires avec eux.

— C'est pour le mieux, alors ; cela m'évitera de mettre les noms sur les figures. Bref, le commis fut innocenté, et le patron, ruiné de ce coup, ne tarda pas à être poursuivi par ses créanciers.

— Je sais cela.

— Il lutta avec l'aide de son commis, qui, paraît-il,

8.

se dévoua pour lui et lui fit prêter de l'argent, dont il répondit lui-même.

— C'est vrai, fit M. Chevallier.

— Enfin, les méchantes langues prétendirent qu'il ne fit pas cela sans intérêt et qu'il obligea presque la femme de son ami à devenir sa maîtresse, sans quoi, il n'aurait plus rien fait prêter.

— Oh ! voilà un mensonge indigne.

— Malgré tout, l'entrepreneur fit faillite et fut ruiné; il ne put survivre à son déshonneur et mourut. Sa veuve accoucha bientôt d'une fille.

— Et le commis? demanda M. Chevallier, qui semblait perplexe.

— Le commis, oh ! il racheta le fonds à vil prix et le revendit quelques années plus tard fort cher, pour faire l'escompte à la petite semaine.

Il continua à voir la veuve de son patron, et fut presque généreux pour elle, tant qu'elle vécut; mais à sa mort, il délaissa la fille, qu'il fit semblant de ne plus connaître.

— Et ensuite? demanda M. Chevallier s'essuyant le front; que veut dire cette histoire à propos de ce que vous êtes venue me demander?

— Vous ne comprenez pas?

— Non, parole d'honneur.

— Alors, il faut mettre les noms?

— Si vous voulez, fit bravement M. Chevallier.

— Disons-les donc, reprit la mère Marie. L'entrepreneur se nommait Margat et le commis portait le nom de Chevallier.

— Continuez.

— Mme Margat était la mère de Mme Constant, ce qui fait que mon Jean-Pierre est le petit-fils du commis en question.

— C'est logique dit M. Chevallier; mais pour forcer le prétendu grand-père à faire des largesses pour son petit-fils, ce qu'il peut refuser d'ailleurs, il faudrait d'abord prouver que Mme Constant était la fille de M. Chevallier.

— Nous ne le pouvons ni ne le voulons faire, dit la mère Marie ; si le commis de Margat, devenu banquier et riche, n'a pas le cœur de racheter son petit-fils, nous ne lui demanderons rien.

— Parfait ! fit M. Chevallier.

— Mais le commis infidèle, le voleur des cinquante mille francs, pensera peut-être que, pour éviter une dénonciation et un scandale, quinze cents francs sont une petite somme.

— Qu'osez-vous dire ? s'écria le vieillard, enlevant ses lunettes et montrant des yeux effarés.

— Je dis, fit la mère Marie, que vous étiez le commis du malheureux Margat et que vous lui avez volé les cinquante mille francs qui l'ont tué et qui ont fait votre fortune.

— Des preuves ! cria le vieillard devenu blême.

— Je viens de la part de M. le curé, répéta la mère Marie d'une voix forte.

Elle était terrible, la brave femme.

M. Chevallier retomba sur son fauteuil.

— La confession ! murmura-t-il.

— Non, dit la mère Marie, il y a autre chose.

— Quoi donc ?

— Un ouvrier, nommé Marie, qui était au chantier à cette époque, vit le commis cacher un soir une sacoche dans une petite maison du Cloître, ici, au-dessous.

— Taisez-vous ! s'écria le vieillard, taisez-vous... je donnerai les mille francs...

— Quinze cents francs !

— Oui, quinze cents francs, mais sur le Christ, jurez que vous ne me perdrez pas.

— Je veux bien, dit la vieille ; seulement, donnant,

donnant ; signez cet engagement, c'est M. le curé qui l'a préparé.

— M. Chevallier jeta un coup d'œil sur les doubles imprimés. C'était l'acte de caution pour le rachat du conscrit Constant.

Il étouffa un soupir et signa.

La mère Marie plia soigneusement les deux papiers et les remit dans sa poche.

— Maintenant, dit-elle, je n'ai plus rien à vous dire, adieu !

Et elle sortit sans même regarder le vieux misérable.

Quant à lui, il était atterré.

— Quinze cents francs ! murmura-t-il ; c'est mon coup de mort.

Sa vieille tête chauve brûlait, penchée dans ses deux mains.

Tout à coup il la releva. Un sourire sardonique relevait sa lèvre supérieure.

— Il y a un moyen, dit-il ; c'est évident... je ne paierai pas.

Son front devint rayonnant.

— Il a passé à la revision, il faut qu'il parte au régiment. En traînant l'affaire du remplaçant en longueur, l'ordre de départ arrivera, et alors le colonel seul peut accepter ou refuser l'homme que nous lui présenterons. Il le refusera.

Pendant que M. Chevallier faisait ce monologue en compagnie de lui-même, la mère Marie, heureuse, courait porter à M. Durand le contrat signé.

Le pêcheur n'en revenait pas.

— M. Chevallier devenu généreux, c'est renversant, dit-il.

On ne connaissait pas encore le mot « épatant. »

Pour Jean-Pierre, il parut satisfait pour la forme, et il embrassa la mère Marie pour la remercier, mais il ne croyait pas.

# XVI

## LE CHOIX DU RÉGIMENT

Tout naturellement, la mère Marie avait proposé à Jean-Pierre une visite de remercîment à ce bon M. Chevallier.

Le jeune homme n'était guère diplomate, et de ce côté il ressemblait fort peu à son aïeul. Il refusa.

Des pourparlers s'engagèrent avec plusieurs individus qui voulaient se vendre et avec des compagnies d'assurances.

M. Chevallier trouvait un vice radical à tous ceux qui se présentaient, ou menaçait les agents des compagnies d'un procès.

Jean-Pierre écoutait toutes ces scènes auxquelles il était obligé d'assister.

Cela l'écœurait.

— Mon Dieu! disait-il, tant d'affaires pour si peu de chose!

Et il prit un parti décisif.

L'année s'écoulait lentement, mais enfin on était en septembre et il était probable que les conscrits seraient appelés en octobre.

Jean-Pierre avait remarqué deux choses.

La première, c'est que Jenny n'était plus la jeune fille d'autrefois. Elle suivait avec attention les journaux; elle lisait tous les dimanches le *Bulletin de l'Armée.*

Il avait pris ce journal après elle une seule fois, mais il y avait appris que le 25ᵉ de ligne était en garnison à Versailles. Donc, Maurice Bertrand était là.

Il avait lu aussi que plusieurs jeunes gens de sa

classe avaient devancé l'appel pour choisir leur régiment.

Cela le fit réfléchir profondément.

La seconde chose qu'il avait remarquée, c'était une joie et une tristesse qui se succédaient périodiquement sur le visage de la belle et chère Jenny.

Lui parler, chercher à s'en faire aimer était inutile. Jenny n'était plus pour lui que l'amie de son enfance.

Mlle Durand tenait le cœur de Jean-Pierre dans le pli de son sourire, et le pauvre garçon sentait qu'il devait le laisser là, car il ne pourrait jamais l'en arracher.

Le fermier de pêche et sa femme ne disaient plus un mot du mariage projeté. Il était évident que Jenny avait formellement refusé.

Un matin donc, Jean-Pierre, imitant la mère Marie, se présenta chez M. Chevallier et sonna.

Sapristi ! à ce coup de sonnette vigoureux, le vieillard bondit sur son fauteuil et dégringola l'escalier.

— Que voulez-vous ? cria-t-il.

Jean-Pierre se souvint du mot d'ordre.

— De la part de M. le curé, dit-il.

La porte s'ouvrit.

A la vue du garçon, le vieil usurier jugea tout de suite qu'il avait affaire à Jean-Pierre Constant.

Il n'avait pas été, depuis vingt ans sans le rencontrer et sans s'informer, surtout depuis le tirage au sort.

— Montez, dit-il, en indiquant le fameux cabinet de réception.

Lorsque les deux hommes, le vieux et le jeune, furent assis, et que M. Chevallier eut posé ses lunettes sur son nez, détail obligatoire, le vieillard dit :

— Voyons, mon enfant, que venez-vous me demander ?

Jean-Pierre sourit.

— Rien, dit-il.

Le visage de M. Chevallier s'éclaircit.

— Ma mère Marie, continua Jean-Pierre, me dit que je vous dois une visite de remercîment.

— Oh ! je ne suis pas exigeant...

— Cette visite, je vous la fais et je viens vous remercier.

— Du peu que j'ai fait pour vous ? Cela n'en vaut pas la peine.

— C'est vrai, puisque vous n'avez encore rien fait ; mais de ce que vous avez voulu faire...

— Que voulez-vous dire, jeune homme ?

— Je veux dire, fit Jean-Pierre, que je me doute que vos offres ne sont ni franches, ni volontaires... que la mère Marie, par un subterfuge que j'ignore, a trouvé le moyen de vous intéresser à moi ; qu'enfin, si elle ne vous avait rien demandé, vous n'auriez pas eu la tendresse qui vous a pris tout à coup pour le fils de Mme Constant.

— Il y a peut-être du vrai dans ce que vous dites, fit M. Chevallier ; mais vous êtes protégé par M. le curé, et...

— Et je n'ai besoin de la protection de personne, dit Jean-Pierre, pour faire mon devoir ; je suis soldat et je veux l'être.

— Bravo ! jeune homme, s'écria M. Chevallier enthousiasmé, non par l'accent patriotique du conscrit, mais par l'idée de ne pas payer le remplaçant.

— Je viens donc vous remercier de ce que vous avez promis pour moi et vous rendre votre parole.

— Et ma signature ? demanda le vieillard.

Ce dernier mot peignait l'homme.

Jean-Pierre eut alors pour lui un sourire de suprême mépris.

Tirant de sa poche le papier imprimé, qui portait la signature du vieillard, il le lui mit sous ses lunettes.

— Est-ce ça ? demanda-t-il.

— Oui, fit M. Chevallier émotionné.

Alors, Jean-Pierre tira une allumette de sa vareuse et l'alluma : puis, il la mit sous le papier, qui s'enflamma.

Il le tint, ce papier, jusqu'à ce que la dernière cendre en fût tombée à terre, puis il dit :

— Monsieur, vous qui êtes paraît-il, le père de ma mère, vous qui avez volé votre ami, vous qui avez laissé mourir de faim votre fille, vous qui m'avez abandonné à la charité publique, puisque vous croyez à Dieu et à l'enfer, soyez brûlé vif comme je viens de brûler ce papier. Adieu !

Et il sortit sans regarder le vieillard.

Celui-ci se précipita sur les cendres.

— Paroles, que tout cela ! murmura-t-il; l'important, c'est que le papier est bien brûlé, et que je ne paierai pas.

Jean-Pierre était sorti de la maison de M. Chevallier le cœur léger : il lui semblait qu'il venait de faire acte d'homme.

— Parbleu, se dit-il, pendant que je suis en train, allons-y tout du long !

Et il partit tout droit à la mairie.

Le maire qui, à cette époque, était M. Dupont, avoué, un homme violent, brusque, mais ayant bon cœur, et dont l'étude était rue de la Pêcherie, M. Dupont, disons-nous, était à son bureau.

— Que veux-tu ? dit-il au jeune homme, sans le regarder.

— Je suis Jean-Pierre Constant, conscrit de cette année.

— Eh bien, après ? Je n'ai pas encore reçu les feuilles de route... T'en plaindrais-tu ?

— Précisément ! dit Jean-Pierre. Je veux partir.

Le maire se retourna et regarda le conscrit.

— Tu veux devancer l'appel pour choisir ton régiment ?

— Oui, Monsieur le maire.

— Le pays ne te plaît pas, alors ?

— Ce n'est pas le pays qui me déplaît. Seulement, je tiens à aller dans un régiment qui me convienne.

— C'est ton droit, mon garçon, dit M. le maire, radouci. Tes parents consentent à ton départ ?

— Je n'en ai plus.

— C'est juste, fit le maire, qui consultait un registre. Donc, tu t'engages tout de suite ?

— Si vous le voulez, Monsieur le Maire.

— Moi, je le veux bien. Dans quel régiment ?

— Dans le 25° de ligne.

— Ah ! ah ! tu veux aller voir ton compatriote Maurice Bertrand, qui deviendra certainement une de nos gloires nationales.

— Monsieur le maire a deviné.

— Gaillard, tu n'es pas bête ; Maurice te doit la vie, si ma mémoire est fidèle ; et, bâti comme tu l'es, avec des protections... qui sait ? Dans tous les bidons de soldat il y a un bâton de maréchal de France.

Jean-Pierre eut son large sourire.

— Je n'ai pas tant d'ambition, Monsieur le maire ; je veux simplement servir la France dans la limite de mes moyens.

Le maire appela son secrétaire, qui fit signer une feuille à Jean-Pierre.

— Tu partiras après-demain, dit le maire ; est-ce trop tôt ?

— Non, non, dit le conscrit, le plus tôt sera le meilleur.

Les formalités remplies, il regagna la maison hospitalière de M. Durand, maison qui contenait son bonheur et qu'il avait maintenant hâte de quitter.

M. Durand se mettait à table.

— Monsieur Durand, dit Jean-Pierre, mangeons et allons à la pêche vingt-quatre heures sans quitter : je pars après-demain, et Dieu sait quand je reverrai la Seine !

9

# XVI

## LE DÉPART DU CONSCRIT

Le surlendemain, c'était un lundi. A six heures du matin, une dizaine de jeunes gens, amis de Jean-Pierre, la plupart conscrits de l'année, mais moins pressés que lui de partir, venaient frapper à la porte de la maison de la Pêcherie, afin de servir d'escorte au voyageur.

Jean-Pierre allait rejoindre à Versailles, au dépôt du régiment; il devait passer par Longjumeau, célèbre par le nom du fameux postillon.

Le jeune homme était levé et habillé, prêt à partir; il avait une blouse bleue, qui est le costume ordinaire, et un petit paquet, qui ne semblait rien peser sur son épaule.

Quelques instants après, la mère Marie arriva.

Elle était brave, la vieille. Ses yeux ne voulaient pas pleurer et son cœur pourtant était bien gros.

— Bah! disait-elle, il ne va pas si loin; et puis il est impossible que je meure sans le revoir.

Tous ces adieux se firent mouillés de vin blanc et de larmes.

M. et Mme Durand étaient presque aussi émus que la mère Marie.

Ils s'étaient attachés au jeune homme tout doucement, et leur attachement avait grandi avec les années, sans secousse. Ils s'apercevaient tout à coup du grand vide qui se préparait dans leur maison.

Jean-Pierre, avant de s'éloigner, semblait attendre quelqu'un ou quelque chose.

Comme il sondait l'escalier du regard, un pas se fit entendre. C'était celui de Jenny.

La jeune fille était un peu pâle. Le conscrit alla à sa rencontre, lui prit la main et l'attira vers le jardin...

Ce jardin où se trouvaient les lilas, ce jardin où, pour la première fois, il lui avait dit son amour et ses espérances.

Espérance, bonheur, tout cela s'était vite envolé !

Jenny se laissa conduire.

— Vous partez, dit-elle, vous partez à cause de moi, je le sais, et je vous demande pardon des souffrances que vous éprouverez peut-être...

— Peut-être !... fit-il d'un ton de reproche.

— Que vous éprouverez certainement.

— Je vous les pardonne d'avance, fit le jeune homme.

Une porte s'ouvrit et une voix cria :

— Oh ! hé ! Jean-Pierre, en avant, il fait soleil.

— Voilà ! dit le conscrit; une minute et j'y suis.

Jenny, à son tour, lui saisit la main et l'attira sous les arbres.

— Ecoutez, dit-elle, ou plutôt écoute, mon frère, — je puis donner ce nom à mon plus véritable ami — pars avec mon estime et mon amitié ; je ne puis faire ce que tu demandes, et je redoute que tu sois obligé de faire ce que tu as promis.

— Je crains de comprendre, dit Jean-Pierre.

— Silence ! embrasse-moi, frère, et adieu.

— Non, dit Jean-Pierre, au revoir !

Il prit la jeune fille dans ses bras et déposa sur son beau front un baiser long et fraternel.

— Jenny, dit-il, je m'en vais, car dans une minute je n'en aurais plus la force.

Jenny lui fit un signe d'adieu et retomba sur un banc.

Jean-Pierre rentra dans la maison sans se retourner.

Le père Durand, qui observait la scène, lui dit au passage :

— Eh bien ? garçon.

— Je pars, dit résolument Jean-Pierre, mais, je le jure ici, je reviendrai !

Un hourrah accueillit ces paroles, que tout le monde ne comprit pas.

On but deux ou trois verres à toutes les santés possibles ; et puis, comme les voisins commençaient à arriver à la file pour fêter le départ, la mère Marie prit le paquet de son gas et cria :

— En route !

Et l'on partit.

Ah ! dame, ce ne fut pas peu de chose de quitter la Pêcherie, de traverser le pont, la rue Notre-Dame, et les places, et les Grandes-Bordes.

A neuf heures seulement, on était à Essonnes.

On monta la Montagne pour prendre le deuxième chemin à gauche, qui mène à Longjumeau, par Courcouronnes, Fleury-Mérogis, Sainte-Geneviève-des-Bois et Épinay-sur-Orge.

La mère Marie portait toujours le paquet.

Plusieurs jeunes gens avaient réclamé, mais la vieille n'avait pas voulu céder.

Aussi M. Durand disait :

— Ce n'est pas une femme, c'est un soldat.

En haut de la montagne d'Essonnes, on décida qu'on irait jusqu'à Courcouronnes.

Jean-Pierre avait un entrain du diable.

Les verres de vin blanc filaient dans son gosier sans laisser de trace au cerveau. Il y a des jours où l'on ne peut pas se griser, ou plutôt où l'on ne peut pas oublier.

La mère Marie était exaltée et paraissait joyeuse ; le fermier de pêche était triste, au contraire.

En lui-même, il se disait qu'il avait vu Jean-Pierre embrasser Jenny et la serrer sur son cœur. Il avait vu, oui bien vu, des larmes rouler des yeux de sa fille, et pourtant Jean-Pierre partait !

Mystère !

Quatre kilomètres séparent Essonnes de Courcouronnes, par une belle route pierrée et bordée d'arbres.

Jean-Pierre entonna une chanson qui fut bientôt suivie d'autres.

Les bornes kilomètriques passaient avec rapidité. A dix heures, dix heures et demie, la petite troupe fit halte devant le seul marchand de vins de Courcouronnes.

Il n'y avait pas à choisir ; cet estimable commerçant avait toute la clientèle du village.

M. Durand, qui depuis longtemps n'avait autant marché, proposa de casser une croûte.

Cette proposition eut presque autant de succès qu'une première de Victor Hugo, ce qui n'est pas peu dire, et l'on entra dans la salle basse de l'auberge.

Nous ne dirons pas ce qui se passa entre tous ces jeunes gens, ni tout ce qui agitait le cœur de la bonne mère Marie ; nous nous contenterons de faire savoir que midi vint à sonner au coucou de la salle et qu'il fut question de la séparation définitive.

C'était le moment cruel.

Certes, le lecteur a dû partir dans de pareilles conditions, ou faire la conduite à un parent ou à un ami ; alors il comprendra l'émotion qui saisit tous les assistants de cette scène.

Chose singulière, les personnages les plus intéressés semblaient les plus forts.

Les jeunes conscrits, songeant à leur prochain départ, se lamentaient d'avance.

M. Durand prit les deux mains de Jean-Pierre et les serra fortement.

— Si tu n'es pas mon fils, dit-il, ce n'est pas ma faute, tu le sais, mais tu peux venir quand tu voudras, la maison est à toi.

Puis ce fut le tour de la vieille marchande.

— Mon enfant, dit-elle, je finis la vie et tu la commences. Songe à toi et à ton avenir ; pour moi, je ne te demande qu'une chose : écris-moi quelquefois et, quand tu le pourras, viens m'embrasser.

Pour toute réponse, le conscrit la prit dans ses bras et l'embrassa sur ses cheveux blancs.

Puis, jetant son paquet sur son épaule et faisant tournoyer son bâton dans sa main droite :

— A bientôt ! cria-t-il.

Et il s'éloigna d'un pas rapide, s'arrachant, pour ainsi dire, aux adieux de ceux qui l'aimaient.

Il fit un kilomètre sans reprendre haleine.

Le bois qu'il traversait n'attirait pas son attention. A quoi songeait-il ?

Il ne le savait pas lui-même. Il allait ; le vent rafraîchissait son front en sueur ; la vitesse de la marche éloignait le sang du cœur et troublait l'émotion prête à le gagner.

Il laissa Bondoufle sur la gauche et s'engagea dans les bois de Fleury.

A mi-côte, il existe encore un arbre, ayant un fort tronc, et qui devait lancer sa cime altière vers la nue, au-dessus des bouleaux d'alentour. Il est seul sur le bord du chemin, à l'entrée d'une carrière, et la foudre a brisé sa cime.

Seul, il ne voit pas revenir ses feuilles au printemps et conserve, au milieu du bois, son torse désolé.

Au pied de cet arbre, Jean-Pierre s'arrêta.

Le paquet qu'il portait tomba à ses pieds.

Il regarda machinalement autour de lui. A droite, la carrière sombre ; devant lui et derrière lui, la route, qui semblait lui dire : par là, c'était le bonheur, en avant c'est l'inconnu ; tout autour, les arbres.

Cette solitude le saisit, l'étreignit, le terrassa.

Il murmura tout bas :

— Oh ! Jenny, Jenny, si tu m'avais aimé !

Il voulut lutter, se redresser, vaincre cette faiblesse indigne d'un homme ; mais il avait trop de chagrin et trop d'amour.

La nature lui semblait en deuil ; les oiseaux voilaient

leurs chants ; des ombres passàient dans les bois et lui montraient, immobiles, les visages aimés.

Il tomba à genoux, au pied du vieux chêne brisé.

Chêne aussi, ce jeune homme, chêne que la foudre d'amour avait frappé, et dont les rameaux, vivants encore, ne tarderaient pas à dépérir.

Il cria encore : — Jenny! Jenny!

Puis, se sentant seul, abandonné, il prit sa tête dans ses mains et se mit à pleurer!

Coulez, larmes... vous êtes la dernière et souvent la seule consolation des affligés !

# XVII

## LE CONSCRIT ET LE SOUS-LIEUTENANT

Six mois se sont écoulés depuis le départ de Jean-Pierre.

Le conscrit est arrivé à Versailles le soir du jour où nous l'avons laissé sur la route de Longjumeau.

Il a fait connaissance avec la place d'Armes de la capitale de Seine-et-Oise et le château du roi-soleil.

En arrivant, un capitaine bon enfant, voyant ce grand gaillard, engagé par avance, voulut se l'attribuer. Il en parla au colonel, et il se trouva juste que c'était le capitaine de la compagnie où Maurice Bertrand était sous-lieutenant.

Jean-Pierre n'y était pour rien, il n'avait rien demandé ni rien dit. D'ailleurs, il ne connaissait rien au métier de soldat, et il avait cru naïvement qu'il lui suffisait d'être dans le même régiment pour voir chaque jour son ennemi.

Le hasard avait été plus malin que lui.

Jean-Pierre se trouva donc, le lendemain matin, en vraie tenue de conscrit, devant celui qu'il avait sauvé de la Seine.

En le reconnaissant, le sous-lieutenant ne put s'empêcher de faire un mouvement significatif.

Jean-Pierre, impassible, ne parut pas le reconnaître.

Maurice ne tarda pas à se trouver exprès sur le passage du conscrit.

— Comment se fait-il que vous soyez ici? demanda-t-il d'un ton moitié sévère, moitié courtois.

— Très simple, mon lieutenant; j'ai tiré le numéro 13, et, le poisson ne donnant pas cette année, j'ai devancé l'appel.

9.

— Pour choisir votre régiment ?

— Oh ! ma fois non ; c'est un peu le hasard et un peu la mère Marie.

— Je vous comprends ; soyez certain que, tout en observant la loi militaire à votre égard, j'aurai souvenir de ce que je vous dois.

— Je ne demande rien, fit Jean-Pierre.

— Très bien, très bien ! Vous êtes un excellent garçon, je le sais, et je vous remercie de ne m'avoir pas parlé ce matin dans les rangs.

Jean-Pierre porta la main à son front pour faire le salut militaire, et Maurice passa en ajoutant :

— Je vous ferai donner des habits le plus tôt possible ; votre taille exigera sans doute une exception.

De ce jour au mois de janvier suivant, Jean-Pierre fut attelé, pour ainsi dire, à l'exercice et aux corvées.

Il n'en quittait pas.

C'étaient des gardes à monter, des missions de confiance, etc... Il n'avait pu avoir un dimanche à lui.

Au mois de janvier, il fut question d'envoyer un détachement à Rambouillet, pour la garde du château.

Jean-Pierre eut l'honneur d'être désigné le premier.

Il resta deux mois à Rambouillet sans voir Maurice. Celui-ci s'était naturellement dit :

— Le pêcheur est venu au régiment pour me surveiller ; il aime Mlle Durand, et il veut me gêner dans mes allures.

Comme officier, il avait mille moyens pour dérouter le conscrit.

Jean-Pierre le comprenait, mais il lui fallait le temps de se mettre au courant des habitudes du régiment.

Il avait demandé plusieurs fois un congé d'un jour ; Maurice appuyait la demande, mais le colonel n'accordait pas.

Il n'y avait rien à dire.

On était arrivé au mois de mars 1847. Le détachement duquel Jean-Pierre faisait partie venait d'être rappelé à Versailles, le régiment allant lui-même à Paris.

Comme le détachement arrivait sur la place d'Armes, Jean-Pierre regardait indifféremment devant lui, lorsque ses yeux furent attirés par une démarche qu'il crut reconnaître.

Non, il ne pouvait se tromper ; cette taille svelte, ce pas léger, cette onduleuse chevelure noire ne pouvaient appartenir qu'à Jenny.

Il s'arrêta comme s'il eût reçu une balle en pleine poitrine, puis, il voulut s'élancer, mais un caporal l'arrêta.

— Eh bien! fusilier Constant, qu'est-ce qui nous prend donc? on quitte les rangs?...

— Pardon, caporal, je croyais reconnaître...

— Une payse, n'est-ce pas? oh! je la vois parbleu bien, conscrit, même qu'elle semble avoir un profil agréable, bien que je ne la voie que de dos ; mais, un instant de patience, la discipline avant tout, et le temps des amours sonnera *naturablement* à l'heure voulue.

Ce caporal était un beau parleur, qui aimait beaucoup Jean-Pierre, probablement parce que le pêcheur était grand et que lui était petit.

Il disait à qui voulait l'entendre :

— Mon père m'a fait juste comme il faut pour être le fils de Bellone; un quart de millième de moins, et je n'avais pas la taille.

Cependant, Jean-Pierre vit s'évanouir la vision par une rue opposée à celle qu'il était obligé de prendre.

Etait-ce possible? Jenny à Versailles !

Pourquoi et pour qui?

Si un malheur était survenu à la mère Marie ou à M. Durand, on lui aurait écrit, comme on faisait tous les mois.

Il avait écrit lui-même son changement de résidence, et rien ne faisait prévoir un évènement qui pût amener Jenny près de Jean-Pierre.

Viendrait-elle pour Maurice ?

Cette pensée ne pouvait quitter son esprit, et cependant il ne pouvait croire au départ de la jeune fille, à l'abandon du foyer paternel.

Oh ! qu'il avait hâte d'être arrivé à la caserne.

Il y arriva ; mais il fallut une foule de formalités afin d'obtenir une sortie pour la soirée.

On partait le lendemain pour Paris, et le régiment était consigné.

Jean-Pierre, arrivant de Rambouillet, fut obligé de dire au capitaine qu'il avait quelques petites dettes à régler avant son départ, et, comme il était bien noté, il put sortir.

Son ami le caporal sortait aussi.

— Ah ! fit le petit homme, nous allons voir la particulière de tantôt.

— Peut-être bien, fit Jean-Pierre, mais la difficulté est que je ne sais pas où la trouver.

— N'est-ce que cela ? dit le caporal ; je suppose que le militaire a du nez, et qu'une fois sur la piste, il doit aller droit au but.

— Vous me donnez une idée, caporal.

— Voyez-vous, nous allons trouver notre déesse avant d'avoir fait dix pas, c'est moi qui vous le dis, et je m'y connais.

— Je n'en doute pas ; caporal ; mais, sans vous offenser, voudriez-vous accepter un verre avec un simple soldat ?

— Cette offre spontanée me flatte et vous honore, fusilier ; nous voilà un peu loin de la caserne, et justement voici une enseigne affriolante : Au petit Bourgogne !

— Eh bien, entrons.

Jean-Pierre demanda un litre, et les deux militaires s'attablèrent.

— Caporal, dit Jean-Pierre après le premier verre, je suis franc, et je n'y vais pas par quatre chemins ; puis-je vous confier quelque chose ?

— Je suis un puits de discrétion.

— Bon. Vous connaissez le sous-lieutenant Bertrand ?

— Parbleu !

— Avez-vous remarqué qu'il sort tous les dimanches et qu'il couche presque toujours en ville ?

— Tiens, fit le caporal, il fait comme tous les autres officiers ; est-ce que nous pouvons savoir cela ?

— C'est juste. Mais peut-être savez-vous s'il a... une maîtresse, comme on dit.

— La belle malice ! fit le caporal ; je parierais qu'il en a plusieurs. Tenez, conscrit, moi qui vous parle, j'en ai eu jusqu'à trois.

— En vérité ! fit Jean-Pierre, qui voyait qu'il faisait fausse route.

— C'est comme j'ai celui de vous le communiquer, mon fiston ; mais j'y songe ; est-ce que par hasard le sous-lieutenant vous aurait soulevé votre payse ?

— Du tout, fit le jeune homme, mais je voudrais savoir autre chose.

— On finasse avec papa.

— J'ai tort ; à votre santé, caporal.

— A la vôtre, fusilier.

Et ils trinquèrent.

— Voyons, qu'est-ce que vous vouliez savoir ?

— Voilà : pourquoi je n'ai jamais pu obtenir un jour de sortie, et pourquoi j'ai été désigné pour vous accompagner à Rambouillet.

— Vous plaindriez-vous de cette compagnie ?

— Oh ! loin de là, caporal.

— Ecoutez donc. Chaque fois que j'ai transmis votre

demande au sous-lieutenant, il m'a toujours promis de la faire passer.

— Je sais cela, mais jamais il n'a réussi.

— Farceur !

— Que voulez-vous dire ?

— C'est sous le sceau du secret, au moins ?

— Un autre litre ! cria Jean-Pierre.

— Eh bien ! jeune homme, permettez-moi de vous donner cette appellation, puisque j'ai quatre ans de plus que vous ; quand le papier partait au capitaine, rran... une barre sur le nom de Constant.

— Je m'en doutais. Et lorsqu'il s'est agi de m'envoyer à Rambouillet, on m'a mis en tête de la liste ?

— Oui, et avec force compliments sur l'exactitude et la conduite du susdit. Je ne vois pas là de quoi vous plaindre, le sous-lieutenant paraît vous porter beaucoup d'estime.

— Je ne dis pas le contraire ; mais, dites-moi, caporal, où demeure-t-il en ce moment ?

— Ah ! voilà... Avant notre départ, il avait une chambre rue de la Paroisse, 47, et, à moins qu'il n'ait déménagé depuis deux mois, il doit y être encore.

— Merci, dit Jean-Pierre en se levant.

— Est-ce que vous voulez aller chez lui ?

— Oh ! non. Ce serait probablement inutile. Je le verrai demain, puisque nous partons ensemble pour Paris.

— C'est juste.

Jean-Pierre paya la consommation, remercia le loquace caporal et prit sa course vers la rue de la Paroisse.

Le caporal remarqua parfaitement la direction prise par le jeune homme.

— Ouais, fit-il, Cupidon lui prête ses ailes ; pourvu que je n'aie pas trop parlé.

Il vida son verre et sortit à son tour.

Lorsque Jean-Pierre fut dans la rue de la Paroisse, il ralentit sa course.

— Voyons, dit-il, réfléchissons. Si je monte chez Maurice, il me demandera naturellement ce que je veux, et je ne saurai trop quoi lui répondre, puisque je ne sais rien. Supposons qu'il ait vu Jenny; ai-je plus de droit de lui reprocher cette visite ici, que celles faites là-bas?

Si j'ai un droit, un seul, c'est celui qu'elle m'a donné en me nommant son frère. Si M. Bertrand manque à ses promesses ou la séduit, comme frère, je puis intervenir.

Mais pour cela, il faut savoir, il faut une certitude; je sens bien, à la douleur qui me ronge le cœur, que mon rôle de vengeur va commencer; mais je me contiendrai, il le faut.

Pendant ce monologue, Jean-Pierre était arrivé en face du numéro 47.

Il vit une maison proprette à deux étages; au-dessus de la porte de l'allée, un écriteau portait ces mots:

« Chambres meublées à louer. »

En face, de l'autre côté de la rue, était un petit café presque désert.

Jean-Pierre y entra et s'installa près de la montre, afin de ne pas perdre de vue la maison de Maurice.

Le patron vint lui servir un petit verre. Il remarqua sur le képi le numéro du régiment.

— Tiens, dit-il, vous êtes du 25ᵉ de ligne ?

— Mais oui, dit Jean-Pierre.

— Il paraît que vous nous quittez ?

— En effet, nous partons demain pour Paris.

— Vous venez sans doute, reprit le limonadier curieux, aider l'officier qui demeure en face à déménager ?

— Ma foi non, dit Jean-Pierre; j'ignore même s'il y a un officier du 25ᵉ dans cette rue. Comment le nommez-vous ?

— Il se nomme Bertrand, je crois ; je vous prenais pour son brosseur.

— Bon ; vous devez le connaître mieux que cela ?

— Pas du tout. Voyez-vous, mon établissement n'est pas assez luxueux pour MM. les officiers ; ils ont d'ailleurs leurs habitudes. Et puis, celui-ci est assez mystérieux.

—Vraiment ? dit Jean-Pierre ; je ne le connais pas, nous ne sommes pas du même bataillon.

— Ah ! c'est cela.

— Tenez, dit le cafetier, voici la voiture qui arrive.

— Quelle voiture ? fit Jean-Pierre en collant sa figure au carreau.

—Le fiacre qui vient chercher les meubles de la dulcinée.

— La dulcinée ? répéta Jean-Pierre, qui ne comprenait pas.

Le cafetier éclata de rire.

— Vous n'avez pas lu *Don Quichotte* ?

— Non, dit sérieusement Jean-Pierre.

— Eh bien, mon ami, la dulcinée, ou la connaissance, vous comprenez...

Jean-Pierre devint pâle et se leva.

— Ah ! oui, j'y suis.... alors, il a avec lui une...

— Mais oui, mon petit... et une jolie fille, encore ; je l'ai aperçue deux fois à la fenêtre, depuis quinze jours qu'elle est ici.

— Ah! il n'y a que quinze jours que cette dame est à Versailles ?

—Oh ! à Versailles, je ne sais pas, mais dans la maison en face, j'en réponds.

Jean-Pierre fit un effort sur lui-même, reprit sa place et demanda :

— Comment est cette... fille ?

— Très jolie, grande, brune ; ces diables d'officiers se connaissent à chasser ce gibier-là.

Un bruit se produisit dans la rue.

Les deux hommes regardèrent.

— Ah! voilà les malles, dit le cafetier; soldat, attendez un peu, vous verrez la donzelle.

Jean-Pierre avait peine à se contenir.

Le cocher plaça deux malles sur la voiture et ouvrit la portière.

C'était le moment. Jean-Pierre dardait ses yeux sur cette voiture.

Un instant après, un jeune homme, en costume d'officier, parut et adressa quelques paroles au cocher, qui monta sur son siège.

Alors, l'officier se retourna vers l'allée de la maison et tendit la main à une femme qui baissa la tête pour entrer dans la voiture.

Jean-Pierre avait reconnu l'homme, mais la voiture lui masquait la femme.

Il entendit la portière se fermer et le cocher crier: Hue!

Il jeta une pièce de monnaie au cafetier et sortit en courant.

— Hé! dites-donc, militaire, cria le commerçant, et votre monnaie? Ah! ouiche, il court bien comme le diable. Mais, j'y songe, il suit la voiture... j'ai peut-être un peu trop bavardé. Après tout, l'officier n'était pas un client.

Et là-dessus il referma sa porte.

Jean-Pierre avait rattrapé la voiture et il ne tarda pas à voir qu'elle prenait le chemin de la gare du chemin de fer.

Il y arriva derrière elle.

Là, un grand nombre d'officiers se promenaient ou attendaient. Jean-Pierre ne pouvait trop s'avancer; il fit un circuit pour arriver au guichet du départ.

Il vit de loin Maurice qui faisait emporter les malles, puis une femme voilée qui lui donnait le bras.

Cette femme était élégamment vêtue, coiffée d'un chapeau, et le pêcheur ne reconnaissait pas à ce costume la fille de son patron.

Après tout, Maurice Bertrand pouvait bien avoir une maîtresse qui ne fût pas Jenny.

Quel espoir !

Il vint près du guichet où l'on délivrait les billets pour Paris.

Maurice et la dame s'approchèrent ; ils prirent un seul billet, puis Maurice alla aux bagages.

Jean-Pierre avait eu une idée. Il avait devancé Maurice, et sur l'une des malles il avait lu cette adresse :

« Monsieur Bertrand, 14, rue Bichat. »

— C'est bon, dit-il, on s'en souviendra.

Puis il était revenu vers le guichet.

La dame se trouva devant lui en se retournant ; elle poussa un petit cri, et, prenant vivement le bras de l'officier, elle entra dans la salle d'attente.

— C'est elle ! murmura Jean-Pierre.

Il attendit que le train fût parti et vit revenir Maurice, qui se dirigea seul et à pied vers la rue de la Paroisse.

Il l'accosta en le saluant, et lui dit :

— Monsieur Bertrand, voudriez-vous me dire le nom de la dame que vous venez de mener à la gare ?

— Il me semble que vous m'interrogez ! fit Maurice d'un ton hautain.

— Il me le semble aussi, reprit Jean-Pierre, et il me semble encore plus que vous ne me répondez pas !

Maurice s'éloigna d'un pas et dit d'une voix qu'il s'efforçait de rendre calme :

— Fusilier Constant, demain, en arrivant à Paris, vous ferez huit jours de salle de police. Allez !

Et il s'éloigna vivement.

# XVIII

## LA FAUTE DE JENNY

Nous prierons le lecteur de vouloir bien retourner de quelques jours en arrière, et de revenir avec nous à Corbeil.

Le ménage Durand est triste depuis le départ de Jean-Pierre, et Jenny elle-même ne chante plus dans son petit jardin.

Tous les quinze jours, le dimanche, Maurice Bertrand vient régulièrement dans la ville. Il quitte ses parents le soir après dîner, en déclarant qu'il repart pour Versailles.

Mais, le lendemain matin, il prend le train de six heures.

Voilà ce que certaines personnes disaient et commentaient.

La vérité est que, vers les dix heures du soir, l'officier reprenait le chemin si connu de Saint-Léonard, et allait attendre la belle Jenny, qui avait trouvé le moyen de sortir par les jardins sans effort et sans danger.

On gagnait les vignes de Pré, et la promenade romanesque et nocturne commençait.

Dieu sait où ils allaient! Dans les champs, par les chemins de traverse, affrontant pluie ou vent, heureux d'être l'un près de l'autre.

Par moments ils s'arrêtaient sans s'être rien dit, leurs bouches se rencontraient dans la nuit.

L'écho avait ainsi répété bien des baisers.

Cet amour, profond et sincère du côté de Jenny, ardent du côté de Maurice, ne pouvait rester à jamais platonique.

Les autres officiers commençaient à rire de leur collègue, qui ne parvenait pas à vaincre le mal du pays.

— Il y a quelque chose, disait l'un.

— Non, disait un autre, l'enfant va téter sa goutte.

— Je vous assure qu'il aime une fort jolie fille.

— Eh bien, qu'il la montre !

Jusqu'alors toutes les tentatives avaient échoué devant la résistance de Jenny. Elle aimait Maurice et lui confiait son honneur et sa réputation, parce qu'elle le croyait incapable d'abuser de sa confiance.

Le jeune homme comprit qu'il fallait changer de tactique ; il vint un jour avec une lettre qu'il disait de son père. M. Bertrand répondait à son fils qu'il comprenait bien qu'il lui eût désobéi. Il voyait qu'il aimait une jeune fille pauvre et sans nom. Mais il terminait en disant que, puisqu'il l'aimait jusqu'à menacer son père de se tuer, s'il refusait son consentement, il consentait, non encore au mariage, mais à entrer en pourparlers avec les parents de la demoiselle, s'ils étaient honnêtes.

A la lecture de cette lettre, Jenny pleura de joie dans les bras de Maurice.

Les deux amants firent mille châteaux en Espagne. Vers deux heures du matin, ils se trouvèrent, sans trop savoir comment, sous le bosquet de lilas.

Maurice, toujours plus ardent et plus persuasif, avança jusque dans la maison, pour dire adieu encore une fois, c'était à peine la centième, à sa chère fiancée.

Comme ils étaient au pied de l'escalier, un bruit vint les surprendre.

C'était M. Durand qui rentrait de la pêche avec son nouveau garçon.

Jenny s'élança dans l'escalier, suivie par Maurice.

Le fermier de pêche ouvrit la porte de la cour pour aller étendre ses filets. Le garçon monta ensuite à l'ancienne soupente de Jean-Pierre.

Afin de ne pas être surpris, force fut à Jenny de laisser entrer Maurice dans sa chambre.

Immobiles, sans lumière, ils attendirent que le père fût couché.

— Maintenant, partez, dit Jenny.

Mais Maurice ne partit pas, ou plutôt il ne trouva moyen de s'en aller que vers cinq heures du matin.

A partir de cette nuit-là, les voisins ne virent plus l'officier se promener par les chemins. Il était inutile de courir la campagne.

Enfin, un jour Jenny se sentant perdue à jamais, obéit à Maurice, qui, sous prétexte qu'il ne pouvait vivre sans elle, ordonna qu'elle vînt demeurer avec lui à Versailles.

Déjà victime de sa faute, elle en commit une seconde.

Elle abandonna son père et sa mère, leur laissant un billet ainsi conçu :

« Chers parents,

« Je pars pour toujours ; je vais rejoindre celui que j'aime, et dont rien ne peut m'arracher. Ne me cherchez pas, je suis perdue pour vous, et peut-être pour moi-même. J'aurais trop de honte à vous revoir.

« Je ne vous demande pas un pardon que je ne mérite pas ; je vous supplie seulement de ne pas me maudire.

« Celle qui fut votre

« JENNY. »

Lorsque M. Durand lut ce billet, il ne put en croire ses yeux. Il le relut dix fois, et ne croyait pas encore.

Le pauvre homme aimait tant sa fille qu'il fut étourdi du coup pendant plusieurs jours.

Il défendit à sa femme de parler de cette fuite, car il pensait que Jenny reviendrait avant peu.

On dit aux voisins qu'elle était allée passer une quinzaine chez des parents.

Et cependant Jenny ne revenait pas.

La mère pensa tout de suite à informer Jean-Pierre.

— Non, dit le père ; il sait sans doute quelque chose, mais il ne dira rien.

Enfin, on consulta la mère Marie.

La bonne femme ne parut pas trop étonnée.

— Cela devait être, dit-elle.

— Vous savez où elle est ?

— À peu près.

— Parlez donc !

Elle raconta simplement ce que Jean-Pierre lui avait dit, et ce qu'elle avait deviné. Son garçon avait voulu partir pour surveiller Maurice Bertrand.

Ce fut un trait de lumière pour le père.

Il faut que je sache où est le 25e de ligne, dit-il.

— Parbleu, vous le savez, où est Jean-Pierre, à Versailles !

— C'est juste ; demain j'irai à Versailles.

Et de fait, le lendemain il y fut.

Mais on lui annonça que le régiment qu'il cherchait était depuis la veille à Paris, à la caserne du faubourg du Temple.

Le pêcheur reprit le train et revint à Paris.

Vers quatre heures de l'après-midi, il arrivait à la caserne, et demandait le sous-lieutenant Maurice Bertrand.

Le sergent de planton envoya le père Durand au corps de garde. L'officier qui commandait le poste le renvoya au concierge, et enfin ce dernier donna l'adresse de Maurice, rue Bichat, 14.

La rue Bichat donnant dans le faubourg du Temple, cinq minutes après, le fermier de pêche était chez le concierge de la maison.

— Monsieur Bertrand ? demanda-t-il.

— Au premier, la porte à droite ; mais il est sorti.

— Ah ! il n'y a personne ? alors.

— Si, il y a madame.

— Cela suffit, dit M. Durand frappé au cœur.

— Pardon, dit le concierge, il m'est défendu de laisser monter personne en l'absence de monsieur.

— Je suis son père! dit M. Durand.

— Ah! c'est différent, fit le concierge indécis. Montez.

M. Durand monta, se tenant à la rampe. Il avait hâte de voir sa fille, et il avait peur de la trouver dans cette maison.

Au premier étage, il vit une porte à droite, sur laquelle une plaque portant le nom du sous-lieutenant. Il n'y avait pas à se tromper.

Pas de clé sur la porte; un cordon pendait avec un gland. Il sonna.

Un instant après, un pas se fit entendre, et une voix douce et timide demanda :

— Qui est là ?

— C'est moi ! répondit le père sans hésiter.

La personne de l'intérieur se méprit sans doute à cette voix, car elle ouvrit la porte sans hésitation.

Le corridor était sombre, comme presque toujours à Paris.

— Entrez, dit la dame.

M. Durand entra et tourna vivement dans une petite pièce qui servait de salle à manger. Il sentait derrière lui le frôlement d'une robe de soie qui suivait ses pas.

Arrivé au milieu de la pièce, il se retourna. Le jour frappait alors son visage.

— Mon père! s'écria Jenny, car c'était elle.

Le pêcheur fit un pas en avant, et Jenny cacha sa figure dans ses mains.

— Malheureuse ! commença le père, et, sa voix s'arrêtant dans la gorge, la phrase finit dans un sanglot.

C'était pitié de voir pleurer cet homme.

Jenny, pâle comme une morte, attendait son arrêt.

— Mon père, dit lentement la jeune fille, ne me dites rien, faites justice ; je suis coupable, tuez-moi !

Le père, immobile, pleurait sans répondre. On eût dit la statue de la désolation.

Sa fille, sa Jenny, son enfant adorée, flétrie, perdue ; tous ses rêves de père, rêves d'espérances futures avec lesquels les vieillards s'endorment heureux dans la tombe, tout cela était dispersé au vent de la prostitution.

Pauvre père !

Non, il ne pouvait parler ; mais son silence était si éloquent que Jenny comprenait tout ce qu'il aurait voulu dire.

La jeune fille fit alors un effort prodigieux.

— Et ma mère ? dit-elle.

Cette demande rendit la voix au pauvre homme.

— Ta mère, dit-il, tu oses parler de ta mère ? As-tu songé à son désespoir lorsque tu nous as quittés ?

— Grâce ! murmura-t-elle.

— Que t'avons-nous fait ? malheureuse enfant, pour nous causer un chagrin si grand ? Réponds, n'avons-nous pas soigné ton enfance avec tout l'amour dont nous étions capables ? n'avons-nous pas entouré ta jeunesse de tous les plaisirs permis ? Tu ne pourrais nous reprocher que trop de confiance...

— Grâce ! mon père, répéta Jenny qui se tordait les bras, je préfère votre colère à vos larmes ; oui, abandonnez-moi, reniez-moi, tuez-moi si vous le voulez, mais ne pleurez pas ainsi, ou je vais me tuer moi-même.

— Te tuer, fit le pêcheur, redevenant calme tout à coup, tu parles de te tuer ; quelle dérision ! Ainsi, j'ai élevé une enfant vingt ans, j'ai mis en elle tout mon cœur et tout mon espoir, et parce qu'un voleur de filles se trouve sur mon chemin et me la prend, il me faudrait perdre le fruit de toute mon existence de travail ! Oh !

non, nous ne sommes pas sur la terre pour tuer nos enfants...

— Mon père, calmez-vous et écoutez-moi !

Le pêcheur poursuivit sans entendre :

— Je veux que tu vives, je veux que le misérable qui t'a marquée au front du rouge de la honte efface son crime ; je le veux, tu comprends, il le faut, sinon...

— Mon père... Ah ! pas de menaces pour lui ! Je suis coupable, accablez-moi, punissez-moi ; seulement, une seule grâce, ne me maudissez pas.

Et elle se jeta à genoux, éplorée, aux pieds du vieillard.

— Te maudire ? fit le pêcheur d'une voix presque douce ; y ai-je songé ? Mon Dieu, non...

— Oh ! merci, merci...

— Reviens vers nous : ta mère pleure et t'attend... Qu'importe ta faute, si l'avenir la répare ? Je connais ton séducteur ; il est impossible qu'il refuse de t'épouser. Viens avec moi, là-bas ; ta chambre est restée telle que tu l'as quittée... reviens... veux-tu ?

Jenny se leva.

— Vous ne comprenez donc pas, mon père, que je suis liée à jamais.

— Je comprends que la loi dit : La femme doit suivre son mari, mais pas son amant...

— Mais je l'aime mon père, je l'aime et...

M. Durand l'interrompit violemment :

— Tu l'aimes ! mais nous t'aimons aussi, nous, et depuis plus longtemps... Oh ! le misérable ! il a profité de notre confiance pour s'introduire chez moi, pour me voler mon enfant ; si je le tenais entre mes mains...

Il n'acheva pas.

La porte venait de s'ouvrir et, dans l'encadrement de la porte, le profil de Maurice Bertrand se dessinait.

— Lui ! s'écria le père ; ah ! voilà donc enfin quelqu'un à qui je vais pouvoir parler comme je le comprends.

10

Du premier coup d'œil, Maurice avait compris la situation.

A vrai dire, il s'attendait depuis quinze jours à cette visite, et il était préparé pour répondre à toute agression.

Il avança froid et calme, mais non sans un certain battement de cœur.

Tout ce qu'il craignait, c'était une plainte du père au colonel. Il préférait savoir tout de suite à quoi s'en tenir.

Ajoutons qu'il était absolument épris de Jenny, et qu'au besoin il lui aurait donné son nom ; mais il y avait la volonté de M. Bertrand père et la faute de Jenny.

— Monsieur Durand, dit Maurice, je suis heureux de vous recevoir chez moi ; aussi bien, j'avais l'intention d'aller vous trouver à ma première sortie ; maintenant que nous voi à Paris, soyez le bienvenu.

— Monsieur, répondit le pêcheur, je ne puis croire à vos paroles, car il était plus simple de venir me voir depuis longtemps pour me dire que vous aimiez ma fille.

— Il est des entraînements que l'on ne prévoit pas, fit hypocritement Maurice, et je n'ai jamais eu la pensée que ce qui est pouvait être, sans cela je ne l'eusse pas fait. Votre fille vous a dit, sans doute, par quelles circonstances...

— Ma fille m'a dit, interrompit le père, que vous l'aimiez et qu'elle vous aimait, qu'elle espérait devenir votre femme.

— Sans doute.

— Tout est là.

Jenny, immobile, à demi cachée dans l'ombre, écoutait ce que disaient ces deux hommes, son père et son amant, qui allaient décider son avenir.

Maurice se taisait.

M. Durand reprit d'une voix plus forte :

— Monsieur Maurice Bertrand, oui ou non, voulez-vous épouser ma fille ?

La question était directe. Maurice sentit qu'il fallait répondre bravement.

— C'est mon désir le plus cher, répondit-il.

— Oh ! mon Dieu, murmura Jenny, soyez béni !

— Monsieur, dit Durand, veuillez prendre une plume et du papier.

— Pour quoi faire ?

— Pour écrire à M. votre père.

— Mais à quel sujet ?

— Comment, à quel sujet ? me prenez-vous pour un imbécile ?

— Mais... monsieur ?

— Ecrivez à M. Bertrand que vous me chargez de demander la main de M. Maurice pour ma fille. Je sais bien que ce n'est pas ainsi que cela se fait ordinairement, mais ordinairemant aussi on n'enlève pas les filles de chez leurs parents.

— Je verrai mon père, dit Maurice, mais je n'écrirai pas cela.

— Je m'en doutais bien, dit M. Durand, et je le lisais d'avance sur votre visage. Parbleu ! vous vous êtes dit : — Cette petite me plait, elle est jolie, elle fera une charmante maitresse ; je vais la séduire et l'enlever ; le père viendra me faire une scène, je le calmerai en lui disant : J'épouserai votre fille, et le bonhomme jobard s'en ira avec cela.

— Oh ! mon père, songez à ce que je souffre, s'écria Jenny.

Durand la fit taire d'un geste.

— Monsieur Bertrand, dit-il, j'ai plusieurs moyens de vous faire épouser ma fille ou de me venger. Ecoutez bien.

Maurice pâlit, mais ne répondit pas.

— Je puis aller vous dénoncer au parquet du procureur du roi pour détournement de mineure... je ne le ferai pas ; cela me déshonorerait davantage. Je puis aller trouver votre colonel, qui peut vous forcer à épouser ou à vous retirer. Je ne le ferai pas encore, car, je le prévois, ma fille serait malheureuse avec vous, si le mariage était forcé. Je puis aussi obliger ma fille à me suivre.

Maurice fit un mouvement.

— Je ne le ferai pas, reprit encore le père, car elle en mourrait de chagrin.

— Eh bien donc ? s'écria Maurice haletant.

M. Durand alla décrocher une masse d'armes accrochée à une panoplie qui ornait la salle à manger, et revenant lentement sur Maurice stupéfait :

— Enfin, dit-il, père déshonoré, je puis vous tuer, — et je vais le faire !

# XIX

## CE QUI DEVAIT ARRIVER

La conclusion de la péroraison de M. Durand était si inattendue de Maurice et de Jenny qu'elle les remplit d'épouvante.

Maurice ne songeait pas à se défendre contre ce père courroucé. Le poids de sa faute l'accablait.

Mais Jenny se remit vite et d'un bond fut dans les bras de son père, qu'elle prit par le cou.

— Père, cria-t-elle, au nom de l'amour que tu as pour ta Jenny, au nom de ma mère que tu aimes, je ne veux pas que tu frappes le père de mon enfant !

L'effet de ces paroles fut magique.

La masse tomba des mains de M. Durand.

— Il est père, dit-il ; ah ! je serai vengé ; s'il a du cœur, il va commencer à aimer et à souffrir.

Alors il prit la tête de sa fille, qui se cachait, rouge de honte, sur son épaule, et la baisa longuement au front.

— J'ai lu, dit-il, dans un livre d'un nommé Victor Hugo, je crois, que les mères étaient sacrées ; je te pardonne pour moi et pour celle qui est ta mère à toi. Sois heureuse si tu le peux, mon enfant ; songe à nous et souviens-toi que la maison de ta jeunesse est toujours ouverte au repentir comme au malheur. Adieu !

Jenny, affolée de douleur, tomba sur un fauteuil.

Le pêcheur s'approcha de Maurice, toujours terrifié.

— Monsieur Bertrand, dit-il d'une voix éclatante, vous êtes un lâche !

Maurice bondit et tira machinalement son épée du fourreau.

Le père lui montra du doigt Jenny à moitié évanouie.

10.

— On ne se bat pas avec le père de celle qui va vous donner un enfant, dit-il. Si mes paroles vous blessent, prouvez que vous ne les méritez pas ; il en est temps encore !

Et il sortit, laissant Maurice essayant de consoler Jenny.

Pendant que ceci se passait rue Bichat, Jean-Pierre avait été mis à la salle de police, comme l'avait ordonné Maurice ; il y était depuis la veille, et son cerveau était en ébullition.

On le comprend facilement.

Jenny vivait avec le sous-lieutenant. Il se souvenait de son serment et pensait que le moment d'agir était venu.

Pendant qu'il était prisonnier, Maurice, son ennemi, disait son amour à Jenny, et il en serait toujours ainsi.

Jean-Pierre était brutal dans ses actions, mais il était logique.

Que voulait-il ?

Séparer les deux amants et venger l'honneur de la famille Durand, qui était sa famille d'adoption.

Si Maurice avait épousé Jenny, il eût fait tranquillement ses sept ans de service, heureux de la savoir heureuse, fier peut-être de son élévation ; il serait revenu à Corbeil reprendre l'épervier et passer sur les poissons son amour dédaigné.

Qui sait ? Peut-être quelque bonne fille aurait pu attirer son regard et lui faire oublier, par un amour inattendu, l'ancien amour réduit en cendres.

Mais il n'en était pas ainsi. Jenny, trahie, était la maîtresse de l'officier. Là où il y a enlèvement, fuite et cachette, il ne peut y avoir mariage.

L'homme heureux et blasé n'épouse plus la fille qu'il doit mépriser. Jean-Pierre pensait ainsi avec son gros bon sens, et il pensait juste.

Ce qu'il y avait à faire était donc bien simple.

Maurice épouserait Jenny, ou Maurice mourrait.

Une fois ceci résolu, il songea à l'exécution.

Sortir de la caserne n'était pas difficile, car le portier ne connaissait pas encore les soldats du 25e de ligne, et, comme le régiment était arrivé de la veille, la garde n'était pas encore sérieusement organisée.

Jean-Pierre plia une lettre qu'il plaça sous enveloppe avec une adresse quelconque, puis il mit la lettre dans sa poche.

Il brisa un morceau de la cruche qui était dans la prison, et n'hésita pas une seconde à se faire une forte entaille au bras.

Le sang coulait, la blessure était sérieuse.

On appela un sergent, qui fit appeler un chirurgien.

Jean-Pierre fit croire à un accident.

Le chirurgien ordonna qu'il fût conduit à l'infirmerie pour être pansé.

C'est ce que voulait le conscrit.

Il se plaignit d'un violent mal de tête et prit le lit.

Jean-Pierre avait remarqué, en arrivant à la caserne, que la rue Bichat était près du canal Saint-Martin, dans le faubourg du Temple.

Il savait donc où trouver Maurice.

Guetter le moment où la salle de l'infirmerie serait à peu près déserte était fort simple. Il s'était habillé tout prêt, et saisit le moment.

En une seconde il était dans la cour, où des soldats de plusieurs régiments s'entre-croisaient.

On ne fit pas attention à lui.

Il prit à la main sa lettre préparée la veille, et alla droit au sergent de planton devant la porte.

— Mon sergent, dit-il, le lieutenant Bertrand m'envoie recommander cette lettre au plus prochain bureau ; je ne sais où il se trouve.

— Bon, dit le sergent, c'est tout près, là, au coin de la rue Saint-Maur ; vous voyez cela d'ici.

— Merci, dit Jean-Pierre. Et libre, il partit vers la rue Saint-Maur. Arrivé devant la poste, il passa outre et suivit cette rue, qui le conduisit jusqu'à la rue Corbeau.

Là, Jean-Pierre demanda son chemin pour aller rue Bichat.

On lui dit de descendre la rue Corbeau, ce qu'il fit, et il se trouva justement au coin de la maison portant le n° 14.

En face, il y avait un petit restaurant.

— Je ferai comme à Versailles, se dit-il.

En effet, de son observatoire, il vit rentrer Jenny, qui était allée faire des provisions, puis il vit venir Durand.

Il eut un moment la pensée de courir à son ancien patron et de monter avec lui.

Mais il se retint.

— A lui d'abord, se dit-il; s'il échoue, ce sera mon tour !

Maurice passa bientôt devant lui et entra également dans la maison.

— Tout va bien, se dit Jean-Pierre ; cela prouve que je ne me suis pas trompé.

Il attendit un temps qui lui parut long, puis enfin le père Durand redescendit.

Il sembla à Jean-Pierre que le pêcheur était calme.

— Le lieutenant épouserait-il? se demanda le garçon avec anxiété.

Il voulut aller parler à M. Durand pour savoir ce qui s'était passé, mais il ne le fit pas, dans la crainte de ne pas voir sortir celui qu'il attendait.

Sept heures sonnèrent, et Maurice ne parut pas.

Jean-Pierre pensa qu'il dînait avec Jenny.

Avec la huitième heure, la nuit commença à s'étendre sur la rue Bichat, et Jean-Pierre eut la crainte de ne plus voir sortir son rival.

Il paya son dîner, et alla se poster plus près de la porte du numéro 14.

Disons qu'il avait acheté une blouse bleue et un pantalon de même couleur qu'il avait revêtus par dessus ses habits de militaire, afin d'être moins remarqué.

Il y avait à peine dix minutes que Jean-Pierre se promenait sur le trottoir désert de la rue Bichat, lorsque l'officier sortit.

Où allait le jeune homme ? S'il rentrait à la caserne, le plan de Jean-Pierre s'évanouissait en partie.

Au bout de la rue Bichat, le sous-lieutenant prit le faubourg du Temple et tourna à droite.

O chance ! Il allait vers le canal.

Jean-Pierre n'avait pas d'armes et n'en avait pas besoin.

Maurice, sans défiance aucune, avançait vers le pont tournant posé au-dessus du canal.

Le pont était tourné pour laisser passer des bateaux : une foule d'ouvriers des faubourgs attendaient.

Maurice fit un geste d'ennui, et s'adressant à une femme :

— Pour aller place de la Bastille ? demanda-t-il.

— Le plus court est de longer le canal, répondit la femme ; vous n'avez pas même besoin de le traverser.

— Ah ! merci, dit Maurice.

Et, pirouettant sur ses talons, il prit le chemin indiqué en jetant une bouffée de fumée qui sortait de son cigare.

Derrière lui, Jean-Pierre, les yeux ardents, suivait.

Lorsque les deux rivaux, l'un suivant l'autre, eurent dépassé la rue Ménilmontant, la nuit était noire et le quartier absolument désert, comme il l'était d'ailleurs en 1847.

Quelques rares passants et pas du tout de gardes municipaux. C'était tout ce que Jean-Pierre pouvait désirer ; l'endroit était bien choisi.

Il avança vivement et dit d'une voix assurée :

— Monsieur Bertrand !

L'officier, surpris, se retourna.

— Que me voulez-vous ? fit-il, en s'éloignant d'un pas.

— Vous ne me reconnaissez pas ? demanda le conscrit.

— Cette voix... je ne puis distinguer. Dans tous les cas, ce n'est pas l'heure et le lieu d'arrêter les gens ; circulez, ou gare à vous... je suis armé.

— Je suis Jean-Pierre Constant, reprit l'autre, et Maurice Bertrand doit savoir ce que je viens lui demander.

— Vous ! s'écria Maurice ; vous avez forcé la consigne, vous passerez en conseil de guerre !

— Je le sais ; ce n'est pas de cela qu'il s'agit. Je vous ai demandé quelle était la femme que vous conduisiez à la gare de Versailles ; vous avez refusé de me répondre. Cette femme, c'est Jenny Durand, que vous avez séduite et enlevée.

— Ceci est mon affaire, répondit Maurice.

— C'est la mienne aussi ; ce n'est pas comme amant que je viens à vous, c'est comme frère, et, à ce titre, j'ai le droit de vous provoquer.

Maurice sourit dans l'ombre. S'il s'agissait d'un duel, il avait mille moyens de l'éviter.

Il répondit donc ironiquement :

— Ah ! çà ! monsieur Constant, il en faut finir une bonne fois avec ce rôle de Roland furieux ; il me déplaît fort de vous voir vous dresser à chaque minute sur mon chemin ; j'ai bien compris que vous vous étiez engagé dans le 25ᵉ de ligne pour me gêner de votre présence, mais, en vérité, la chose n'est pas amusante pour moi, et j'ai la facilité de vous envoyer, pour ce que vous venez de faire, cinq ans en Algérie, où, paraît-il, on est fort bien.

— Assez de menaces, dit Jean-Pierre ; pour moi, je ne crains rien, car je ne demande rien. Prison, fers, la mort si vous voulez, j'accepte tout ; mais ce que je veux, entendez-vous, ce que j'exige, c'est que Jenny soit réhabilitée en devenant votre femme.

— Vous pourriez dire Mlle Durand, fit Maurice, car il me serait désagréable d'entendre nommer ma femme par son prénom.

Et il fit un pas en avant.

Jean-Pierre se dressa devant lui.

— Place, dit Maurice, ou je frappe.

Et il tira son épée.

— Je suis sans armes, dit Jean-Pierre, n'ayez donc pas peur.

— Laissez-moi passer.

— Voulez-vous épouser Mlle Durand ? fit le pêcheur à demi-voix, les dents serrées.

Maurice, énervé déjà par la scène avec le père et par celle qu'il dut subir ensuite avec la fille, sentit la colère le gagner. Ce gros garçon allait payer pour tous.

— Non, répondit-il bravement.

Ils étaient en ce moment sur le bord du canal, près de la rue du Chemin-Vert.

Personne ne passait. Au lointain, quelques lumières pâles ; à leurs pieds, l'eau tranquille et profonde du canal.

— Il vous souvient peut-être, dit Jean-Pierre lentement, d'un jour où je vous ai sauvé de la Seine ?

— Certes, dit Maurice, sans ce souvenir, vous seriez déjà mort.

— Eh bien ! fit le pêcheur, supposez que nous soyons à ce jour-là, et que, vous tenant au-dessus du gouffre, je puisse vous sauver encore ou vous laisser périr à mon gré.

— Après ?

— Et que, dans ce moment suprême, je vous dise : — Épousez Jenny, c'est la vie ; dites non, c'est la mort !

— Non, dit fortement Maurice.

À peine eut-il achevé ce non, que Jean-Pierre bondissait sur lui. Maurice frappa de son épée et rencontra la chair de son ennemi ; mais l'autre l'avait étreint de ses mains puissantes, et il se sentit lancer dans le vide.

Jean-Pierre entendit le bruit d'un corps qui tombe à l'eau. Il arracha l'épée qui était restée dans son épaule gauche, et s'enfuit dans la direction de la Bastille.

Là, il rencontra des agents de police et les arrêta.

— Messieurs, dit-il, je suis soldat au 25° de ligne. Je viens d'être blessé par mon sous-lieutenant, dont voici l'épée ; je l'ai tué. Arrêtez-moi, c'est tout ce que je demande.

Les agents s'empressèrent d'acquiescer à sa demande et le conduisirent au poste voisin.

# XX

## LE CONSEIL DE GUERRE

Deux mois après les évènements que nous venons de raconter, un certain mouvement régnait dans la rue du Cherche-Midi, devant les dépendances du ministère de la guerre.

Le conseil de guerre allait siéger pour une cause dont les journaux avaient longuement parlé.

Il s'agissait d'un jeune soldat, accusé d'avoir jeté son lieutenant dans le canal Saint-Martin.

Les journaux n'avaient pas caché que le soldat avait été frappé à l'épaule par l'épée de l'officier, et que ce dernier s'était retiré sain et sauf de l'aventure, sachant nager.

Ils avaient pris de plus amples renseignements, et ils avaient, sous des initiales transparentes, parlé de la liaison de Maurice avec Jenny, de l'amour de Jean-Pierre, et de bien d'autres choses.

Le jeune conscrit avait été soigné pour ses blessures et avait guéri rapidement.

Maurice, qui savait nager depuis son plongeon dans la Seine (ce qu'ignorait son rival), en avait été quitte pour un gros rhume.

Interné à la prison militaire, Jean-Pierre avait refusé toute visite, même celle de M. Durand, même celle de la mère Marie.

Il ne voulut point d'avocat.

Devant le commandant instructeur, faisant fonction de juge d'instruction, il se contenta de dire :

— Je suis coupable, et je ne demande pas de grâce.

On ne put rien savoir de plus.

Enfin, la veille du jour fixé pour comparaître devant

11

ses juges, le geôlier vint lui dire qu'un ami désirait
instamment le voir.

— Son nom ? demanda Jean-Pierre.

Mais avant que la réponse fût faite, le personnage
annoncé entra dans la cellule et dit :

— C'est moi !

C'était M. Girard le curé.

Le jeune homme se leva comme pour refuser de l'entendre, mais le porte-clefs se retira en fermant la
porte.

M. Girard dit alors :

— Je ne viens pas comme prêtre, mon enfant, je
viens comme viendrait ton père, s'il était de ce monde ;
je viens, non pour te condamner ou t'absoudre, mais
seulement pour te fortifier dans l'épreuve, et pour te
consoler dans la douleur.

Jean-Pierre courba la tête devant cette voix douce et
forte à la fois qui lui rappelait son enfance et les jours
heureux si vite envolés.

— Monsieur le curé, dit-il tristement, il n'est pour
moi aucune consolation possible ; quant à la force, je
n'en manque pas, et je le prouverai.

— Je veux bien te croire, dit M. Girard, et je suis
certain de ton courage ; aussi n'est-ce pas tout à fait
pour cela que je suis venu.

— Ah ! fit Jean-Pierre ému.

— Ne songes-tu pas à la mère Marie, cette brave et
digne femme qui t'a recueilli et élevé ?...

— Taisez-vous, monsieur le curé, taisez-vous ; si
vous continuez, je ne pourrai plus me présenter devant
mes juges.

— Enfant ! il faut, au contraire, te soulager ; lorsque
la conscience est forte, on sait mieux prouver son inno-
cence.

— Vous me croyez donc innocent ? fit Jean-Pierre.

— Tout Corbeil le dit.

— Eh bien, tout Corbeil se trompe !

— C'est impossible !

— J'ai voulu tuer, et je le déclare.

— Tais-toi, malheureux, ici les murs ont des oreilles ; je viens seulement te dire de te défendre. M. Durand et moi nous avons chargé un avocat de parler en ta faveur. Il y a des circonstances atténuantes ; on sait ce qui s'est passé, mais encore faut-il s'aider un peu.

Jean-Pierre sourit.

— Mlle Durand est-elle revenue chez ses parents ? demanda-t-il.

— Hélas, non, dit le curé.

— Je n'ai rien de plus à demander ni à répondre, continua Jean-Pierre.

— Rien, mon enfant ?

— Si fait. Puisque vous êtes si bon, monsieur le curé, je vous charge de donner une bonne poignée de main à M. Durand et d'embrasser la mère Marie pour moi ; et puis assurez-les que, s'il faut mourir, je mourrai en brave.

— Je n'en doute pas, reprit M. Girard, mais il ne s'agit pas de mourir, il s'agit, au contraire, de lutter.

— Non, monsieur le curé ; si je sortais de là, voyezvous, je recommencerais ; seulement je ne manquerais pas mon coup.

Le prêtre leva les yeux au ciel et prit une main du jeune homme.

— Je ne dis plus rien, dit-il, je perds mon temps aujourd'hui ; à demain.

— A demain, dit Jean-Pierre en le reconduisant.

Le lendemain, la salle du conseil était pleine de monde, témoins ou curieux qui voulaient entendre le dernier mot de cette affaire.

Sur le premier rang à droite, tout près du mur, une dame vêtue de noir et voilée attendait bien avant l'arrivée du conseil.

Du côté opposé, M. Durand et la mère Marie se faisaient remarquer auprès de M. Girard.

Le public impatient commençait à onduler dans le fond, lorsqu'un jeune officier parut et prit place au banc des témoins.

La curiosité fut vivement excitée.

— C'est la victime ! dirent les uns.

— Celui qui a fait le plongeon dans le canal.

— Il n'est pas vilain garçon, dit une femme.

Et les appréciations marcheraient encore si, dans le fond de la salle, une porte ne se fût ouverte.

Cette porte donna passage à un huissier et au greffier, qui prirent place.

Un quart d'heure après, l'huissier se précipita vers la porte susdite, attiré par un coup de sonnette ; il ouvrit cette porte et cria :

— Le conseil de guerre, messieurs ! découvrez-vous.

Tout le monde se leva.

En ce moment on introduisit plusieurs accusés qui prirent place sur le banc à eux destiné.

Le président était un colonel, et un commandant remplissait les fonctions de ministère public.

On appela une affaire de peu d'importance, puis une autre, et enfin l'huissier cria : — L'affaire Constant.

C'était là qu'était l'intérêt.

A cet appel, un frémissement parcourut l'auditoire, en partie composé de soldats et de sous-officiers du 25ᵉ de ligne.

Jean-Pierre était généralement aimé, et la sympathie était de son côté. Et puis chacun savait un peu le fond de l'affaire. L'officier n'y jouait pas le plus beau rôle. A tort ou à raison, on espérait pour le soldat.

Jean-Pierre restait seul et libre au banc des accusés, conformément à l'article premier du titre VI du décret du 12 mai 1793.

Le colonel président lui demanda ses nom et prénoms.

Il répondit :

— Jean-Pierre Constant, pêcheur, demeurant à Corbeil (Seine-et-Oise).

— C'est bien, dit le président, asseyez-vous.

Le greffier écrivit, et l'accusateur militaire se leva.

— Accusé, dit-il, je vous avertis d'être attentif à ce que vous allez entendre. J'ordonne au greffier de lire l'acte d'accusation.

Un silence de mort régnait sur l'auditoire.

Alors le greffier, d'une voix indifférente, mais sonore, lut un acte dont nous extrayons ce qui suit :

— Jean-Pierre Constant, excellent sujet, a devancé l'appel et choisi son régiment. Il est acquis aux débats qu'il n'a fait ce choix que pour joindre et surveiller Maurice Bertrand, sous-lieutenant audit régiment, et se venger sur lui d'un désespoir amoureux.

L'accusation doit reconnaître que ledit Constant a sauvé la vie de M. Bertrand avant d'être au régiment ; mais ce fait ne peut le disculper de l'attentat dont il s'est rendu coupable, et dont l'exécution n'a été empêchée que par une circonstance fortuite...

Et il terminait ainsi :

En conséquence, le nommé Constant, soldat au 25e de ligne, est renvoyé devant le conseil de guerre pour répondre à l'accusation suivante :

1° D'avoir insulté son supérieur à la gare de Versailles ;

2° D'avoir par subterfuge forcé la consigne et échappé à la punition qui lui était infligée, en quittant la caserne où il était interné ;

3° D'avoir provoqué, menacé et frappé son supérieur sans provocation de la part de ce dernier ;

4° D'avoir, la nuit, avec préméditation, commis une tentative de meurtre sur la personne de Maurice Bertrand, son supérieur, tentative qui a manqué son effet par une circonstance indépendante de la volonté de son auteur, crimes prévus et punis par l'article 18 du décret des 30 septembre et 19 octobre 1791, et l'article 5, titre VIII, de la loi du 21 brumaire an V, et l'article 3 de la loi du 12 mai 1793.

Nous faisons grâce au lecteur de tous les autres articles, de tous les autres décrets postérieurs qui régissent la matière, mais le greffier ne les oublia pas.

Ceux que nous venons de citer sont suffisants, car on sait que presque tous les articles des lois militaires concluent à la peine de mort.

Ah ! vous tous qui avez commis ces lois-là, vous n'aviez donc pas d'enfants ?

L'accusateur militaire dit alors à l'accusé :

— Voilà de quoi on vous accuse; vous allez entendre les charges qui seront produites contre vous.

Le président du conseil s'adressa alors à Jean-Pierre :

— Accusé, dit-il, avez-vous quelque chose à dire contre l'accusation ?

— Absolument rien, dit Jean-Pierre.

— Messieurs, dit le président, l'accusé s'est jusqu'à présent renfermé dans un système de mutisme qui lui est défavorable. En effet, il ne peut être défendu devant vous ni par un avocat, ni par un ami, conformément à la loi, n'ayant pu être entendu lui-même devant le juge instructeur. Je dois dire qu'il a avoué tous les faits à sa charge; il est donc utile d'entendre un seul témoin, le lieutenant Maurice Bertrand.

Maurice avança à la barre, prêta serment et commença sa déposition.

Un mouvement du plus vif intérêt accompagnait ses paroles.

Il reproduisit textuellement la scène du canal, sans rien ajouter, comme sans rien retrancher.

— Vous saviez donc nager? demanda le président.

— Oui, mon colonel ; depuis le jour où j'ai failli périr en Seine, j'ai profité de l'avertissement.

— Ignorez-vous pourquoi le soldat Constant vous en voulait?

— Il prétendait que j'ai séduit sa fiancée.

— Etait-ce vrai?

— La personne en question n'était fiancée à qui que ce soit, et je sais quel est mon devoir à cet égard.

— Retirez-vous, dit sèchement le colonel, le conseil a sur ce chef des renseignements précis.

Un murmure se fit entendre dans l'auditoire, réprimé aussitôt par le président.

— Accusé, ajouta-t-il avec politesse, le conseil vous invite à vous défendre ; avez-vous quelque chose à répondre sur la déposition que vous venez d'entendre?

Jean-Pierrre se leva.

— Rien, mon colonel, dit-il.

— Accusé, votre système est mauvais, je le répète ; vous ne devez pas ignorer cependant la peine qui vous attend?

— Je ne l'ignore pas, dit fortement Jean-Pierre, je l'attends, au contraire, et pour mieux dire, je l'espère.

Il y eut un cri sourd dans l'auditoire.

La mère Marie se pencha sur l'épaule de M. Durand.

Les juges se parlèrent tout bas, puis le président reprit :

— Jean-Pierre Constant, vous avouez les faits qui vous sont reprochés?

— Je suis un honnête homme, dit le conscrit ; ce que le sous-lieutenant a déposé, ce que le greffier a lu, c'est la vérité.

— Le conseil vous tiendra compte de votre franchise. Cependant vous pouvez nier la préméditation.

— Je ne nie rien. Je suis allé à Maurice Bertrand sans armes, mais je n'en avais pas besoin, ce n'est pas trois hommes comme lui qui me feraient peur ; mettez-moi, mon colonel, devant vingt Anglais ou vingt Allemands, et vous verrez !

— Nous savons que vous êtes brave, fit le président, ému malgré lui ; mais ce qui est bien contre l'ennemi est un crime contre son supérieur ; vous avez un autre motif de défense que celui-là. Voyons, Constant, sortez de votre silence, et dites-nous ce qui vous a poussé à cet acte criminel, à cet acte de folie indigne d'un vrai soldat français.

A cette voix presque paternelle, Jean-Pierre fit un effort pour se maintenir et effaça du doigt une larme trop pressée qui émergeait de ses yeux.

— Mon colonel, dit-il lentement, vous me demandez là le secret de mon cœur, le nom de celle que l'autre a perdue ; ce nom-là ne sortira jamais de ma bouche, ce serait le déshonorer deux fois.

Un second cri partit du fond de la salle et fut couvert par des bravos.

Le président imposa silence, mais faiblement.

— Vous ne voulez rien dire, alors ?

— Je vous dis tout ce que je puis dire ; je suis coupable, condamnez-moi.

La femme voilée dont nous avons parlé s'était levée, et elle s'élançait à la barre, lorsque M. Girard, qui l'observait, la saisit par le bras et la força de se contenir.

Le président donna la parole au ministère public.

L'avocat militaire avait une besogne facile. L'accusé avouait, et il demandait la condamnation.

Il appuya sur la nécessité de faire un exemple et de refuser toutes circonstances atténuantes.

La loi, d'ailleurs, était formelle.

Lorsqu'il eut requis l'application de la peine capitale, le président s'adressa à l'accusé :

— Qu'avez-vous à répondre à l'accusation ?

— Rien ! répondit Jean-Pierre.

Le conseil se retira pour délibérer.

Au bout d'un quart d'heure, il rentra en séance.

Les conversations particulières cessèrent aussitôt, l'accusé fut ramené à son banc, et le président prononça la sentence suivante :

« Considérant que le soldat Jean-Pierre Constant, du 25ᵉ de ligne, a contrevenu à la discipline en forçant la consigne et en s'évadant de la caserne où il était consigné pour huit jours ;

« Que cette évasion avait pour but de rencontrer le sous-lieutenant Bertrand, et d'exercer sur lui une vengeance à raison d'une peine disciplinaire imposée par cet officier ;

« Que la nuit, à l'aide de violences, l'accusé a précipité son supérieur dans le canal Saint-Martin, avec l'intention d'attenter à ses jours, tentative qui a échoué par une circonstance indépendante de la volonté de son auteur ;

« Que d'ailleurs l'accusé avoue tous ces faits ;

« Le conseil, après en avoir délibéré, conformément à la loi ;

« Vu l'article 18 du décret des 30 septembre et 19 octobre 1791 ;

« Vu l'article 3 du décret du 12 mai 1793 ;

« Vu la loi du 21 brumaire an V, titre VIII, article 5 ;

« Vu la loi du 19 vendémiaire an XII ;

Ici le président donna lecture de tous ces articles ; puis il reprit :

« Faisant application de la loi ;

« Condamne Jean-Pierre Constant à la peine de mort ;

« Et ordonne que l'arrêt sera exécuté, conformément à l'article 1ᵉʳ de la section VI des décrets des 12-16 mai 1793.

« Condamné, vous avez vingt-quatre heures pour vous pourvoir en revision. »

Après cette sentence, deux cris partirent de la salle, deux cris déchirants.

L'un était poussé par la dame voilée, qui s'évanouit, et vers laquelle Maurice se précipita. C'était Jenny.

L'autre par la mère Marie, qui ne se trouva pas mal, oh ! non, mais qui bousculait les gardes, en criant :

— Mon enfant ! rendez-moi mon enfant !

Il fallut toute la force de M. Durand, toute l'autorité de M. Girard, pour emmener la femme hors du prétoire.

Jean-Pierre avait été emmené aussitôt par les gardes.

Le conseil, revenu dans la salle des délibérations, fit appeler Maurice Bertrand, qui se rendit à cet appel.

— Monsieur, lui dit sévèrement le colonel, nous venons de faire notre devoir en condamnant ce jeune soldat ; mais s'il est coupable, il y a beaucoup de votre faute.

— Mais, mon colonel...

— Assez. Le conseil vient de faire une seconde fois son devoir en signant une demande en grâce, qui sera remise ce soir même à Sa Majesté. Voulez-vous la signer ?

Maurice prit vivement une plume et signa.

— Sous-lieutenant, j'espère qu'à la première occasion votre bravoure rachètera ce que cette affaire a de fâcheux pour vous.

— Je le promets, dit Maurice.

— Vous êtes autorisé à demander un changement de régiment, et j'appuierai la demande.

L'amant de Jenny s'inclina et sortit du conseil, plus condamné peut-être que le malheureux Jean-Pierre.

# XXI

## LA PETITE MAISON DU PORTHEREAU

Lorsque le voyageur descend de la gare du chemin de fer de Paris à Orléans, dans cette dernière ville, sur la rive droite de la Loire, il se trouve dans un faubourg.

Il ne tarde pas à traverser un boulevard circulaire, et à pénétrer dans la ville par une rue qui mène infailliblement à la place du Martroy.

De là il descend, non moins infailliblement, au pont d'Orléans, qui mène tout droit, en suivant la route, au village d'Olivet, renommé pour ses fromages.

Nous ne conduirons pas le lecteur jusque-là. Nous le prierons seulement de traverser avec nous le grand pont d'Orléans, et de tourner à gauche en allant vers le barrage de la Loire, établi à trois ou quatre cents mètres en amont du pont.

Entre le pont et le barrage, existe un faubourg d'Orléans nommé le *Porthereau* ou les Porthereaux.

Ce faubourg est un village qui doit un peu son animation à la caserne d'infanterie qui occupe un certain espace sur son territoire.

Maurice Bertrand, après l'arrêt du conseil de guerre, avait demandé à permuter, et il avait obtenu d'entrer, avec son grade, au 49e de ligne, alors en garnison au Porthereau.

L'affaire Constant avait fait du bruit; M. Bertrand père avait couru les antichambres du ministère, et comme il était riche, non seulement il fut écouté, mais on lui promit de l'avancement pour son fils, s'il rompait une union indigne de lui, et surtout s'il voulait s'allier à quelque famille qui lui serait désignée.

C'était le rêve du vieux rentier.

Un mois après son départ de Paris, Maurice Bertrand était nommé lieutenant au 49° de ligne, et le conscrit Jean-Pierre, gracié, avait sa peine commuée en cinq ans de fers et faisait route pour Rochefort.

Chose singulière, le condamné allait tranquille et la tête haute vers la punition, tandis que le favorisé sentait un pli commencer à son front.

Les faveurs sont quelquefois lourdes à porter.

Maurice était encore trop épris de Jenny pour l'abandonner, et d'ailleurs elle était enceinte, et il ne devait pas la laisser ainsi.

Considération de jeunesse. A vingt-trois ans, on n'est pas encore sceptique.

Le mois de janvier s'écoula sans amener aucun évènement, ainsi qu'une partie du mois de février.

Toutefois, les affaires politiques s'embrouillaient. M. Guizot, ministre écouté du roi Louis-Philippe, avait de nombreux ennemis. La bourgeoisie était mécontente, et le peuple, qui payait le pain cher depuis deux ans, grondait sourdement.

On sait où devait aboutir l'entêtement du chef de cabinet. On avait fait la même expérience en 1830, on l'a faite trois ou quatre fois depuis, on la refera certainement encore, et la fin sera toujours la même. Les entêtés seront noyés dans le flot populaire.

Cependant on appelait à Paris les troupes dont les officiers semblaient les plus royalistes. Le 49° étant un régiment dévoué au régime de la royauté tricolore, il fut un des premiers mandés.

Un jour, la femme qui avait servi de garde-malade à Jenny entra et lui dit que le 49° partait pour Paris.

— Quand cela ? dit-elle.

— Demain matin.

— C'est impossible.

— Je vous affirme que cela est. Je le tiens de mon

fils, qui est jardinier chez Mgr Dupanloup, et vous pensez que son éminence est bien instruite.

— En effet.

— Il paraît que cela se gâte à Paris. Les républicains se remuent ; mais soyez tranquille, ma petite, avec de bons régiments on les mettra à la raison.

Le soir, Maurice se présenta comme à l'ordinaire, et ne parla de rien.

Jenny fut obligée de lui dire le bruit qui courait.

Il répondit que rien n'était certain ; que d'ailleurs il s'agissait simplement d'un déplacement provisoire, et qu'une fois Paris tranquille il reviendrait à Orléans.

Jenny le regarda dans les yeux.

— Maurice, dit-elle, tu ne m'aimes plus !

— Moi ? dit Maurice, affectant de rire, ah ! que voilà bien les femmes ! Est-ce que je puis me refuser à ce départ ?

— Emmène-moi à Paris, alors.

— Bon, un déplacement, sans savoir si je resterai où l'on m'envoie, au milieu d'une bataille peut-être.

— Je ne resterai pas seule ici.

— Voyons, c'est de l'enfantillage ; si le régiment demeure à Paris, je t'écrirai.

Jenny eut l'air de se rendre à cette promesse.

— N'as-tu pas reçu une lettre de ton père, il y a quelques jours ?

— Oui, en effet !... Pourquoi cette question ?

— Ne parle-t-il pas, enfin, de notre mariage ?

— Oui, tu as raison, il en dit quelques mots, mais c'est encore vague.

— Et tu ne m'as rien dit ?

— C'est que, vois-tu, c'est une surprise que je veux te faire.

Jenny le regarda en face pour la seconde fois.

— Monsieur Bertrand, lui dit-elle, vous souvenez-

vous de ce que mon père vous a dit, en vous quittant
rue Bichat ?

— Que veux-tu dire ?

— Eh bien ! mon père avait raison, et je vais vous le
prouver.

Alors elle tira d'un petit meuble deux papiers et les
déploya lentement ; puis elle les mit sous les yeux de
son amant.

A la vue des deux lettres, Maurice comprit.

— Je vais t'expliquer... commença-t-il.

— N'expliquez pas, répondez.

Elle montra le berceau où dormait Céline.

— Cette enfant doit-elle un jour porter le nom de
son père ?

Maurice balbutia.

— Allons, oui ou non, pas de nouvelle lâcheté ;
après avoir broyé le cœur de la mère, dites donc que
vous abandonnez l'enfant ; ayez donc au moins le courage d'un soldat, si vous n'avez celui d'un homme, ou
la femme qui s'est donnée à vous, et que vous avez séduite, va vous jeter votre infamie au visage.

Maurice devint pâle de colère.

— Oui ou non, répéta Jenny.

— Non ! dit Maurice, cinglé par cette voix mor-
dante.

— C'est bien, je m'y attendais. Maintenant, monsieur, emportez d'ici tout ce qui vous appartient, car
je ne garderai rien de ce que vous m'avez donné, je
vendrai tout au profit des pauvres ; seulement je vous
prie d'être prompt à enlever tout cela, car j'ai hâte de
vous savoir loin de moi.

Maurice était atterré.

Certes, il voulait quitter Jenny, mais il voulait choisir
son jour et son moyen. Il voulait sortir en vainqueur
et non chassé.

Son orgueil était à une rude épreuve.

Il voulut essayer d'attendrir sa maîtresse, et prit sa voix des premiers jours.

Mais au deuxième mot, Jenny irritée lui montra la porte.

— Sortez ! dit-elle, tout est fini entre nous.

Il sortit, et le lendemain il partait avec son régiment tambours en tête. A midi, le train qui emportait le lieutenant et sa fortune arrivait en gare de Paris. A une heure, il défilait sur les boulevards, et restait stupéfait en entendant crier sur son passage :

— Vive la République !

Ce jour-là, c'était le 24 février 1848.

Le 49ᵉ de ligne, ce rempart de la royauté, était arrivé juste à temps pour voir planter les arbres de la liberté.

Le soir de ce même jour, Jenny, abandonnée, était seule et pâle devant la cheminée qui ornait sa chambre à coucher.

La petite Céline dormait dans son berceau, blond chérubin dans ses rideaux roses.

La fille du pêcheur posa bien en vue, sur la table, trois lettres qu'elle avait écrites dans la journée.

L'une de ces lettres était à l'adresse de son père et de sa mère, la deuxième à celle de Jean-Pierre, la troisième à celle de M. Girard, le curé.

Elle regardait le feu pétiller dans l'âtre, et chaque fois que la flamme s'éteignait, elle jetait un papier ou un objet pour la rallumer.

C'étaient les lettres et les cadeaux de Maurice qui flambaient.

Jenny ne voulait plus garder un souvenir de celui qui l'abandonnait.

Lorsque tout fut brûlé, elle se leva, se mit à genoux et pria longuement, penchée sur le berceau de sa fille.

— Je n'aurai jamais le courage, murmura-t-elle, pauvre petit ange !

Elle embrassa l'enfant doucement pour ne pas l'éveiller, comme les mères savent embrasser, puis elle se coucha.

Elle ne put dormir de la nuit, et le matin du 25, elle se leva fatiguée par l'insomnie.

Elle alla entendre la messe à la cathédrale, et revint plus calme, mais aussi plus triste.

Alors elle se rendit chez sa garde-malade, à l'effet de lui demander de vouloir bien garder sa petite fille pendant plusieurs jours.

— Comment, vous partez? demanda la brave femme.

— Oui, un petit voyage...

— Je comprends, nous allons voir le papa.

— Vous avez deviné.

— Et vous n'emmenez pas la petite?

— C'est absolument impossible.

— Je vous crois, ma petite dame, car je sais combien vous aimez l'enfant; aussi il faut vraiment un motif sérieux pour la quitter.

— Un motif très sérieux, en effet, fit Jenny avec des larmes dans les yeux.

— Oh! je n'en doute pas, allez; mais quand partez-vous?

— Le plus tôt possible, ce soir, probablement.

— Ce soir? Ah! voilà une fatalité.

— Que dites-vous!

— Je dis qu'aujourd'hui cela m'est impossible; je suis retenue pour autre chose et ne serai libre que demain.

Jenny réfléchit.

— Après tout, dit-elle, il sera encore temps demain, car je tiens à ce que ce soit vous qui preniez soin de ma Céline.

— Comptez sur moi pour demain.

Jenny fut sombre toute cette journée du 25, mais résignée. Son parti était irrévocablement pris.

Elle dormit mieux cette seconde nuit, et se réveilla reposée.

La garde vint après le déjeuner, et Jenny s'habilla comme pour un jour de fête. Elle lissa ses beaux cheveux avec soin, mit une de ses plus belles robes et sortit.

Elle rentra le soir à six heures et dîna avec la garde.

— Je prendrai le train de huit heures, avait-elle dit à la femme.

L'heure venue, elle embrassa à plusieurs reprises la petite Céline, sans émotion apparente, puis la coucha et attendit qu'elle fût endormie.

Alors elle fit force recommandations à la garde, et lui remit les trois lettres qu'elle avait laissées sur la table.

— Si je n'étais pas revenue dans deux jours, dit-elle, vous jetteriez ces trois lettres à la poste, mais seulement dans deux jours, vous entendez.

— Oui, madame.

Elle laissa quelque argent à la bonne femme, qui promit d'être économe, comme si c'était pour elle ; puis, après avoir jeté un long et dernier regard à sa fille, elle sortit.

La nuit était éclairée par une lune de premier quartier. On voyait sur la Loire la silhouette des bateaux se découper de la façon la plus fantastique.

Les eaux étaient un peu fortes, et elles arrivaient dans les arches du pont bruyantes et tumultueuses.

Jenny avança sur le quai ou le chemin de halage, et, trouvant l'endroit trop éclairé, elle remonta et s'éloigna du côté de la caserne.

Comme elle passait devant la porte d'entrée, les clairons sonnaient la retraite ; elle s'enfuit, comme si ce bruit, qu'elle aimait autrefois, l'eût poursuivie comme un remords.

Devant elle, le quai était assez élevé. L'eau coulait doucement, sans tourbillons ; elle s'arrêta.

Elle jeta un regard autour d'elle et ne vit rien, rien
que la lune qui la regardait de sa face pâle.

Elle dit tout haut :

— Mon Dieu ! ayez pitié de moi !

Et elle s'élança.

Mais, au moment où son corps tombait à la rivière,
un soldat un peu ivre, qui longeait le quai pour rentrer
à la caserne, ayant vu le corps flotter sur l'eau, se mit
à crier :

— Au secours ! une femme qui se noie !

## XXII

### TROP TARD

A ce cri, un homme portant une vareuse et une casquette, ayant l'allure d'un marinier, accourut vers le soldat.

— Une femme qui se noie ? répéta-t-il.

— Oui, tenez, là, là... attendez, il y a un batelet tout prêt.

Mais l'homme n'écoutait plus.

Il avait pris son élan, et d'un seul bond il avait rejoint la femme.

— Mordieu ! fit le soldat dégrisé, le camarade connaît son affaire ; on dirait qu'il marche là-dessus comme si c'était solide.

Deux ou trois autres personnes étaient accourues aux cris du militaire.

Ils demandèrent ce qu'il y avait, et le soldat leur montra le nageur, qui regagnait le bord avec sa proie.

— Vite, une barque, disait l'un d'eux.

— Inutile, fit une voix mâle qui semblait sortir des profondeurs du fleuve, je la tiens ; seulement dites-moi où l'on peut atterrir.

— Un peu avant le pont il y a un escalier, mais le courant est rapide.

— C'est bon, on y va, fit la même voix.

Et les spectateurs virent alors le nageur, soulevant la femme de la main gauche au-dessus de l'eau, fendre le courant et descendre vers l'escalier avec une vitesse étonnante.

— Puisque je vous dis qu'il marche dessus, répétait le soldat.

Un instant après, le sauveur abordait et attirait à lui une femme évanouie qu'il remonta dans ses bras.

On voulut le complimenter, mais il repoussa tout le monde, comme s'il venait d'accomplir une chose toute simple.

— Laissez-moi, dit-il ; il faut d'abord la sauver, vous vous extasierez après.

Il traversa le quai et alla tout droit à la petite maison du Porthereau, que Jenny venait de quitter.

— Oh ! eh ! la femme, ouvrez, cria le nageur d'une voix forte, je vous avais dit qu'elle n'était pas loin. Quant à vous, dit-il à un homme qui le suivait, courez chercher un médecin, c'est le plus pressé pour l'instant.

Le sauveur entra Jenny dans la maison et la posa sur un fauteuil.

La garde, effarée, reconnaissant la jeune femme, se lamentait.

— Et vous, mon bon jeune homme, dit-elle, il faut vite changer de vêtements, car vous êtes tout trempé.

— Oh ! moi, c'est un détail ; déshabillez d'abord Mme Durand et couchez-la. Pour moi, je puis rester mouillé longtemps sans le sentir ; voyez-vous, l'eau de la Loire n'est pas plus froide que celle de la Seine, et j'en ai bien vu d'autres.

Le lecteur a deviné que le nageur était Jean-Pierre.

Mais comment notre héros se trouvait-il à Orléans juste à point pour sauver Jenny ?

C'est ce que nous allons expliquer rapidement.

La proclamation de la République fut comme une traînée de poudre. A Paris et dans les villes de province, elle eut pour effet direct de faire ouvrir les prisons des détenus politiques.

On ne peut dire combien d'autres condamnés profitèrent de cette amnistie populaire, qui eut lieu largement et sans discussion.

Jean-Pierre fut de ce nombre. Il ne perdit pas son temps à Rochefort. Il était instruit de ce que faisaient Maurice et Jenny, par M. Girard, le secrétaire de la mère Marie, laquelle ne savait pas écrire.

Le 26, au soir, il descendait à Orléans et entrait dans la maison du Porthereau, une minute après que Jenny venait d'en sortir.

— Madame vient de partir pour Paris, dit la femme de garde.

— Pour Paris? dit Jean-Pierre. C'est impossible.

En deux mots, cette femme raconta ce qu'elle savait.

Jean-Pierre lut la suscription des trois lettres.

— Le 49ᵉ est parti, se dit-il; Maurice l'a abandonnée; pour qu'elle m'écrive, il faut que tout soit fini, elle veut mourir. La fille du pêcheur veut voir la rivière.

Tout en disant cela, il était dehors; il entendit le cri du soldat, et, saisi par un pressentiment trop justifié, il s'élança vers cet appel.

Nous savons le reste.

Le médecin arriva et eut beaucoup de peine à faire revenir Jenny à elle. Cependant il y parvint.

Jenny avait été déshabillée et couchée dans son lit. Elle ouvrit les yeux et regarda autour d'elle, cherchant à se rappeler ce qui s'était passé.

Enfin, elle se souvint.

— Je devrais être morte, dit-elle; il n'y a qu'un homme au monde qui ait pu me sauver, et pourtant il ne peut être ici.

Elle entendit un sanglot au chevet de son lit.

— Qui est là? demanda-t-elle.

Jean-Pierre pleurait de joie.

— Moi! dit-il tout bas.

Elle eut un spasme et s'évanouit de nouveau.

— Il faut éviter les émotions, dit le docteur; cette jeune femme allaite son enfant, et il y a danger de mort

pour elle; retirez-vous, mon garçon, votre vue pourrait lui faire mal; vous avez d'ailleurs grand besoin
de repos vous-même; il faut vraiment que vous nagiez
comme un poisson pour avoir fait le sauvetage comme
on me l'a raconté. Allez vous changer et dormir.
Demain vous verrez la malade.

Jean-Pierre obéit, et la garde lui bâcla un lit dans la
salle à manger.

Le lendemain Jenny, était remise tout à fait, sauf une
grande faiblesse, qui donnait à tous ses membres une
lenteur maladive qui n'était pas sans charme.

Le matin, se souvenant de tout ce qui s'était passé,
elle demanda Jean-Pierre; le brave garçon n'était pas
loin, il se montra.

Jenny lui tendit gracieusement sa main blanche et
lui dit avec un sourire :

— Mon frère, tu m'as sauvée, embrasse-moi.

Il se pencha; elle le prit par le cou et il déposa sur
le front de la jeune fille un baiser. C'était le second.

— Oh! fit-il, pour quoi avoir voulu vous tuer?

— Pour oublier, dit-elle.

— Il vous a trahie, n'est-ce pas?

— Oui, fit Jenny; mais ne parlons plus de l'autre,
mon ami; maintenant je ne le verrai plus et je me place
sous votre protection.

— Est-ce bien certain? Réfléchissez Jenny, je ne veux
prendre les droits de personne.

— Je vous le demande, dit-elle, car je n'ose pas
exiger.

Jean-Pierre se mit à genoux.

Soyez tranquille, Jenny, dit-il, dès l'instant que
vous vous appuyez sur moi, tout est bien et rien ne
vous manquera; je ne vous demande rien, que la confiance.

La main de la malade vint serrer doucement celle

du soldat; les yeux des deux jeunes gens se rencontrèrent, et un éclair en jaillit.

— Oh! je voudrais vivre! dit-elle comme à elle-
même.

— Tu vivras! répondit Jean-Pierre.

— Mais ma fille?

— Ce sera la mienne.

— Tu voudrais faire cela?

— Pourquoi pas? Ne t'ai-je pas dit : Tout pour toi!
Puis il reprit :

— Que m'écrivais-tu, dans cette lettre à mon adresse?

— Oh! fit-elle, tu le sauras, frère, mais pas encore;
laisse-moi reprendre quelque force. Cependant garde-la,
cette lettre, et attends le jour où je te dirai de la lire.

— Ainsi sera fait, fit le jeune homme.

Le médecin, qui entra, suspendit la conversation. Il
trouva que Jenny avait trop parlé et qu'il y avait danger
à la fatiguer.

— Mais qu'a-t-elle donc? murmura le jeune homme
inquiet.

— Ce qu'elle a? Elle a une grosse maladie et une forte
constitution. Si elle n'a pas de chagrins ou d'événements malheureux, elle pourra s'en tirer grâce à sa
jeunesse; mais autrement je ne réponds de rien.

Et le docteur laissa Jean-Pierre sur cette sinistre
prophétie.

Toutefois, au bout de quelques jours, Jenny put se
lever. Oh! ce fut un grand bonheur pour Jean-Pierre.

Il eut avec sa chère Jenny une conversation décisive
que nous allons reproduire fidèlement.

Ce fut lui qui parla le premier.

Les événements passés lui avaient délié la langue. Il
n'était plus le même homme, tout en ayant le même
cœur.

— Jenny, ma bonne petite sœur, dit-il, veux-tu savoir
toute ma pensée?

— Si je le veux! dit Jenny, oh! dis-la, cela seul peut me rattacher à la vie.

— Eh! bien, la voici : Si tu voulais, je deviendrais le père de la petite Céline; nous irions retrouver M. Durand ensemble, lorsque tu iras mieux, et...

Il s'arrêta, hésitant.

— Et, continua Jenny, je demanderai à Jean-Pierre s'il veut me permettre de prendre le nom de Mme Constant?

Jean-Pierre la regarda stupéfait.

— Mon Dieu! dit-il, est-ce possible? C'est elle qui le dit.

— Ecoute, ami, reprit la jeune fille, il ne faut pas se faire d'illusions; je suis malade plus que tu ne crois, et peut-être ne reverrai-je jamais la Pêcherie. Mais tu vas comprendre : il est impossible que tu consentes à me donner le nom qu'une honnête femme seule doit porter. Un autre amour m'a flétrie, et lorsque le tien sera satisfait, — oh! je ne veux te faire aucun reproche prématuré, mais tu pourrais plus tard reprocher à ta femme un passé qui ne serait pas sans tache.

Le jeune homme écoutait immobile.

Jenny était étendue sur une chaise longue.

— Tu le vois, dit-elle, une union entre nous est impossible, même si je recouvre la santé.

Jean-Pierre se mit à genoux près du fauteuil et pressa les deux mains de Jenny sur ses lèvres.

— Ma bien-aimée, dit-il, mon amour ne raisonne pas et n'a point de ces subtilités. J'aime pour aimer, voilà tout. Vivante ou morte, je t'ai donné ma vie. A toi d'en faire ce que tu voudras. Si tu m'aimes, le ciel est ouvert pour moi; si tu ne m'aimes pas, je n'en suis pas moins là, toujours prêt à t'obéir, à te venger ou à mourir pour toi.

— Et je n'ai pas compris cela! murmura-t-elle.

Elle regarda Jean-Pierre.

— Ami, dit-elle, nous parlerons de cela dans quelque

temps : attendons ma guérison; mais sois d'abord certain qu'aucun retour vers le passé n'est possible ; j'ai jeté au feu tout ce que je tenais de l'autre, et l'avenir me trouve sans ressources, car je ne veux tirer aucun argent de ce qui vient de M. Bertrand.

— Ah ! merci, dit Jean-Pierre; demain nous ne serons à charge à personne.

Le lendemain, en effet, il était allé trouver un vieux pêcheur et lui avait proposé la pêche de compte à demi.

A la vue du gaillard, le vieux accepta.

Une heure après, Jean-Pierre était à l'œuvre.

Ah ! quelle joie il éprouvait à sentir de nouveau le fil entre ses doigts et le poisson dans le filet.

Celui qui n'a pas pêché ne peut comprendre ce que nous cherchons à expliquer ici.

Il y a un proverbe qui dit: Qui a bu boira.

Il serait encore plus vrai de dire : Qui a pêché pêchera.

Le poisson abondait en Loire, et Jean-Pierre s'en donnait de toutes ses forces.

L'existence de Jenny et celle de sa fille étaient désormais assurées.

Tout le mois de mars s'écoula en alternatives de mieux et de rechutes dans la santé de Jenny.

Le docteur ne disait rien et n'ordonnait pas grand'chose.

A la fin d'avril, il conseilla un traitement suivi ; il dit à la garde que la jeune fille, frappée au cœur par un violent chagrin, avait en outre couvé une pleurésie dès le soir de sa tentative de suicide.

Il craignait que la poitrine ne fût attaquée et ordonna de sevrer la petite Céline, ou de lui trouver une nourrice.

Jenny, n'allaitant plus son enfant, parut reprendre quelque force.

Jean-Pierre en fut joyeux.

Son bonheur était si grand de travailler pour Jenny, qu'il oubliait même de lui parler de son amour et de ses espérances.

Toutefois, il avait écrit à M. Durand et à la mère Marie et leur avait promis de ramener la brebis égarée.

Les pauvres gens attendaient l'effet de cette promesse.

Jean-Pierre leur avait défendu de venir à Orléans ; il voulait être seul à opérer la conversion.

Le printemps, qui avait paru ranimer Jenny, allait toucher à sa fin, lorsqu'un soir les deux jeunes gens se promenaient sur le quai de la Loire, Jenny appuyée au bras de Jean-Pierre.

Ils causaient doucement, tout bas, lorsque la jeune fille désigna la place, où, le 26 février, elle s'était élancée dans le fleuve.

— Ne parle jamais de cela, dit Jean-Pierre en riant ; autant de fois tu tomberas à l'eau, autant de fois je...

Il n'acheva pas.

Jenny s'affaissait sur elle-même.

Il la soutint dans ses bras robustes et fut obligé de la porter jusqu'à la maison.

Sur son lit, elle revint à elle.

Jenny serra la main du jeune homme et lui dit :

— Ne me quitte plus, Jean-Pierre, j'ai cru que j'allais mourir.

Le docteur, mandé, secoua la tête et n'ordonna rien. Il prescrivit un repos absolu.

Jean-Pierre comprit, et dès ce moment ne quitta plus la chambre de Jenny ; lorsque le sommeil était trop tenace, il couchait sur le tapis, comme un chien.

Comme un chien aussi il léchait... non, il baisait la petite main qui avait encore la force de tomber jusqu'à lui.

Ce dévouement presque surhumain dura dix jours

et dix nuits, sans que le courage du jeune homme se
démentît un instant.

Enfin, une nuit du mois de juin, l'air était chaud, la
garde s'était endormie dans le fauteuil; Jean-Pierre,
terrassé par le sommeil de la fatigue, sommeillait.

Une voix faible prononça son nom. Il l'entendit plutôt du cœur que de l'oreille et se releva.

— Jean-Pierre, dit Jenny, je veux te parler encore
une fois.

— Qu'as-tu? ma Jenny.

— Je vais mourir! Oh! ne dis rien, la vie est un
fardeau que je vais quitter... Ecoute-moi, car les instants me sont comptés. Tu diras à mon père de venir
chercher ma Céline : je suis sûre qu'il l'aimera bien en
souvenir de moi.

— Elle va mourir! murmura Jean-Pierre atterré.

— C'est mieux ainsi. Jenny pure eût été fière de ton
amour, Jenny perdue ne doit pas survivre à son honneur. Cela est bien; seulement je veux que tu saches ce
que je pensais de toi, avant même de t'avoir revu. Tu
as la lettre que je t'écrivais?

— Elle ne m'a jamais quitté, dit Jean-Pierre.

— Lis-la donc. L'heure est suprême, et c'est devant
la mort qu'on dit la vérité.

Jean-Pierre tremblant déplia la lettre, après en
avoir brisé l'enveloppe et, les yeux humides de larmes,
il lut :

« Mon frère, mon ami,

« Lorsque cette lettre arrivera dans ta prison, je ne
serai plus.

« Séduite et abandonnée par l'homme à qui j'ai tout
sacrifié, je sens la vie trop lourde pour la porter seule.

« Ce n'est pas tout.

« Depuis longtemps déjà, je n'aime plus le père de
mon enfant ; j'ai fait mon devoir jusqu'au bout.

« Entre sa lâcheté et ton dévouement à toi, toi que j'ai méconnu, je me demande comment j'ai pu hésiter.

« Depuis le jour où l'on t'a condamné à mort, par ma faute, Jean-Pierre, ah ! je puis te le dire sur le seuil de la tombe, Jean-Pierre, je t'aime ! et je t'ai toujours aimé !

« Adieu ! vis pour te souvenir, vis longtemps pour prier sur la malheureuse

« JENNY. »

En lisant cette lettre, Jean-Pierre fondit en larmes.

Il saisit la main que lui tendait son amante ; puis il se pencha sur la couche funèbre en cherchant la tête de sa bien-aimée.

Effort suprême ! Il sentit tout à coup un bras autour de sa tête et deux lèvres s'appuyer sur les siennes.

Puis un souffle léger chuchota un dernier : je t'aime !

Le bras se détendit et retomba inerte.

La tête de Jenny se posa sur l'oreiller et le corps resta immobile.

Jean-Pierre poussa un rugissement qui fit bondir la garde.

— Morte ! cria-t-il, Jenny est morte !

Et il retomba à genoux, abîmé dans sa douleur.

# XXIII

## LA BARRICADE DE LA RUE DE LA PLANCHETTE

Le lendemain matin, un corbillard suivi de deux personnes, Jean-Pierre et la garde, conduisait Jenny à sa dernière demeure.

Lorsque le cercueil fut descendu dans la fosse, la la garde se retira, et Jean-Pierre, les bras croisés, regarda les fossoyeurs accomplir leur besogne ; puis il planta lui-même une croix sur la terre fraîchement remuée et, avec un morceau de plâtre, il écrivit en blanc sur le bois ce seul nom : — Jenny !

Il laissa échapper un dernier sanglot et quitta le cimetière lentement, comme un homme qui sent que sa place est là.

Mais il avait une autre tâche à remplir avant d'aller retrouver Jenny.

Assurer l'existence de la fille et venger la mère !

Il paya la garde, alla rassurer la nourrice en lui disant qu'avant quelques jours le grand-père viendrait chercher l'enfant et payer ce qui était dû.

Il lui restait à peine de quoi faire le voyage de Corbeil ; puis, libre enfin, il prit le chemin de fer jusqu'à Paris.

Pourquoi jusqu'à Paris, puisqu'il devait s'arrêter à Juvisy pour aller à Corbeil ?

Le lecteur apprendra tout à l'heure pourquoi.

Avant de quitter Orléans, le jeune homme avait écrit une lettre à l'adresse de M. Durand, lettre laconique, mais explicite.

Il disait :

« Jenny est morte ! Venez chercher la petite Céline.

12.

Je pars pour Paris; de là, si rien ne m'arrête, j'irai à Corbeil. »

C'était tout.

Au reçu de cette lettre, Mme Durand réclama le douloureux privilège d'aller pleurer sur la tombe de sa fille et de ramener l'enfant.

M. Durand ne pouvait s'y opposer et ne s'y opposa pas.

D'ailleurs les deux lignes de la lettre de Jean-Pierre lui laissaient pressentir des évènements plus terribles peut-être que ceux qui venaient de s'accomplir.

Le pêcheur avait perdu sa fille, c'était beaucoup; mais Jean-Pierre avait tout perdu, lui : c'était trop.

Les gens du peuple s'entendent à merveille et sans se rien dire, sur les questions de sentiment. M. Durand aurait dû aller vers le jeune homme et le détourner d'un projet dont il se doutait. Mais il ne le fit pas.

Il savait que, quand même il rencontrerait Jean-Pierre, ce qui était douteux, il n'aurait aucune puissance sur lui pour empêcher quoi que ce fût.

Au surplus, chercher Jean-Pierre était une folie, car le pauvre garçon ne savait pas lui-même où il allait.

La mort de Jenny l'avait empêché d'apprendre les évènements de Paris, et il fut assez surpris, lorsqu'à Juvisy il resta seul dans le train.

On lui demanda s'il voulait descendre, cas auquel le train n'irait pas plus loin.

— Du tout, répondit-il; j'ai payé jusqu'à Paris, et je veux y aller.

— Vous ne savez donc pas ce qui s'y passe?

— Ma foi, non; qu'y a-t-il?

— Il y a que l'on se bat à outrance depuis deux jours. Le peuple tire sur les généraux et les prêtres; les insurgés ne visent que les officiers, c'est un massacre épouvantable.

— On vise les officiers, murmura Jean-Pierre, que ce mot frappa : il faut que j'aille à Paris, car je suis soldat et je rejoins mon corps.

— C'est différent, fit le chef de gare, ancien soldat lui-même ; je vous approuve, mon ami.

Et il donna le signal du départ.

A Choisy-le-Roi, il fallut cependant s'arrêter.

Les insurgés occupaient la gare du chemin de fer à Paris. Les gardes nationaux de Corbeil, qui avaient essayé de la garder, avaient eu un des leurs blessé à cette attaque.

C'était un nommé Juvernat, qui mourut des suites de sa blessure.

— Ils se retiraient, soi-disant en bon ordre, expression dont on s'est trop servi depuis.

Jean-Pierre dut descendre du train.

Il demanda le chemin de Paris, qui lui fut indiqué ; et, armé d'un bon bâton de cornouiller, il fut bientôt à Vitry.

Une réflexion lui vint.

Les barrières devaient être fermées et l'entrée par terre difficile.

Comment pénétrer dans cette ville où vivait Maurice, où une balle ignorante pouvait atteindre son ennemi ?

Pour tout autre, c'eût été impossible.

Jean-Pierre ne se dissimulait pas que sa sortie de Rochefort n'était pas légale et que, s'il était repris, il serait obligé de retourner à ses fers.

Mais il avait un moyen d'entrer à Paris, un moyen infaillible.

Et il continua son chemin.

Au pont d'Ivry, il s'aperçut que ce pont était gardé militairement. Il fut obligé de faire un détour pour revenir sur le bord de la Seine, qu'il regagna près des fortifications.

Là, nouvelle garde, nouveau danger.

Jean-Pierre s'avança sur la berge et entra dans l'eau.

Un instant après il gagnait la berge ; puis, se laissant aller au courant, il franchit la limite de la zone militaire.

Une sentinelle avait vu la manœuvre et donné l'éveil. Un officier accourut avec plusieurs soldats.

— Tenez, voyez ce nageur, là-bas !

— Oui, dirent les hommes ; que faut-il faire ?

— C'est un insurgé, bien certainement. Feu !

Mais Jean-Pierre avait compris le commandement.

Il plongea sur le mot feu, ce qui fit croire à l'officier qu'il avait réussi dans son désir.

Une minute après, il remontait à la surface, près de la rive de Bercy et hors de la portée des balles.

Il fit une vingtaine de brassées et aborda. Puis, laissant au soleil le soin de sécher ses habits, il disparut dans la direction de Paris.

A la barrière, un poste d'insurgés l'arrêta.

Il comprit ce qu'il avait à répondre.

On l'interrogea sur ce qu'il venait faire à Paris.

— Très simple, dit-il ; je suis républicain et je viens me venger.

Il fut acclamé et on lui donna un fusil.

— J'accepte, dit Jean-Pierre, mais c'est à la condition que vous ne me laisserez pas à garder le pont. Je veux aller au feu.

— Qu'à cela ne tienne ! dit un homme au front basané et à la barbe longue ; on demande du renfort à la Bastille, venez avec nous.

Une petite troupe de vingt hommes, vieux et jeunes, en paletots et en blouses, tous armés et déterminés à sacrifier leur vie, mais à la vendre chèrement, se glissa dans la rue de Bercy, dans la direction de la Bastille.

Tout ce quartier appartenait encore à l'insurrection ; aussi la course ne fut-elle pas interrompue.

Au bout de la rue de Bercy existaient des terrains vagues sur lesquels des rues ont été ouvertes depuis ; mais, sur la droite du boulevard de la Contrescarpe, il n'y avait qu'une rue un peu peuplée. C'était la rue de la Planchette.

Une barricade y avait été élevée, défendant l'entrée par la place de la Bastille.

Cette barricade à moitié démolie avait été vigoureusement défendue.

Plus de vingt cadavres gisaient çà et là.

Trois hommes, couverts de sang et de poussière, le visage noir de poudre, attendaient derrière les pavés.

C'était tout ce qui restait des défenseurs.

Jean-Pierre marchait près de celui qui semblait le chef de l'expédition.

En route il lui dit :

— Contre qui marchons-nous ?

— Contre la ligne.

— Bien. Savez-vous à quels régiments nous avons affaire.

— Depuis deux jours, nous avons vu le 14ᵉ, le 22ᵉ et plusieurs autres ; mais cela ne veut rien dire, on les change et on en envoie de nouveaux.

— Vous n'avez pas vu le 49ᵉ ?

— Non ; pourquoi cette demande ?

— Je voudrais avoir affaire à ce régiment-là.

Les trois hommes restants firent signe au chef de la petite troupe d'approcher.

— Il est temps que vous arriviez, dit l'un d'eux. Voyez, nous restons trois.

Les soldats se sont retirés, mais à chaque moment ils peuvent revenir.

— Autrement, quoi de nouveau ?

— Cela va mal. Un des nôtres vient de dire que cela touchait à sa fin.

— Impossible !

— Les troupes sont maîtresses partout. Le faubourg tient seul, on parle de six ou sept généraux tués et de la mort de l'archevêque de Paris. Depuis deux heures, tous les régiments passent sur la place et courent sur le faubourg Saint-Antoine ; le faubourg pris, nous ne tiendrons pas longtemps.

— Eh ! bien, dit l'homme d'une voix forte, nous mourrons ! Puisse notre sang faire éclore la liberté !

Et tous ces hommes se mirent à relever les pavés et à réparer les brèches faites à la barricade ; puis ils prirent les fusils des morts et chargèrent toutes les armes.

Autour d'eux, le silence de la mort et l'odeur de la poudre. Dans le lointain, le bruit de la fusillade et celui du canon.

C'était terrible.

Jean-Pierre allait au feu pour la première fois, mais son idée fixe le rendait inaccessible à la peur.

Un des hommes sortit un pain d'une maison, le coupa par morceaux avec un sabre, et chacun des insurgés vint en prendre un morceau et le mangea. Puis ces hommes se passèrent une bouteille d'eau-de-vie, buvant à même, fraternellement, l'un après l'autre.

— Maintenant, dit le chef, à notre poste et attention ! car j'entends du bruit sur la place et nous allons avoir du nouveau avant peu.

Puis, craignant d'être tourné, il envoya un homme rue Moreau, afin de s'assurer que la barricade tenait toujours.

L'homme revint au bout de cinq minutes.

— Cinquante hommes la défendent, dit-il ; ils tiendront jusqu'à la mort.

Un instant après, un officier vint au-devant de la

barricade et fit un signal en agitant un drapeau blanc.

— Parbleu! dit le chef, en s'adressant à Jean-Pierre, vous avez de la chance!

— Pourquoi cela? demanda le conscrit.

— Mais, vous désirez le 49ᵉ de ligne? je crois.

— En effet.

— Eh! bien, c'est un capitaine de ce régiment qui vient sans doute nous faire sommation de nous rendre.

Jean-Pierre saisit son fusil à deux mains et se hissa au-dessus des pavés.

— Ce n'est pas lui, murmura-t-il.

Le chef avait pris le drapeau rouge qui flottait sur la barricade et, montant sur le faîte, il cria à l'officier :

— Retirez-vous ou j'ordonne le feu.

L'officier fit volte-face, et aussitôt une compagnie tout entière entra dans la rue au pas accéléré.

Le chef sauta à terre en criant :

— Amis, visez les chefs... feu!

A cette décharge, une autre, plus nourrie, plus forte, répondit.

Les insurgés, abrités, visaient presque à coup sûr, tandis que les balles des soldats venaient s'aplatir sur les pavés.

Après dix minutes, les soldats reculèrent.

Ce fut alors le tour du canon.

La place de la Bastille était pleine de soldats de toutes armes. L'insurrection vaincue ne tenait plus que dans ce quartier extrême. Il fallait en finir.

On fit avancer quatre pièces de canon qui furent pointées sur la barricade.

Le feu, du côté des insurgés, ne cessait pas. Les artilleurs tombaient, mais ils étaient aussitôt remplacés.

Le chef commanda de rentrer.

A peine les vingt hommes étaient-ils effacés, qu'une décharge formidable se fit entendre.

Les boulets vinrent frapper les pavés et les firent éclater.

Une compagnie s'élança à l'assaut pendant qu'on rechargeait les pièces, mais elle fut obligée de se retirer sous le feu de l'ennemi.

Une autre décharge vint ébranler la forteresse populaire et une autre compagnie essaya encore de l'enlever, mais vainement.

Enfin, à la troisième fois il fallut s'incliner devant la voix du canon. La brèche était ouverte.

— Camarades, cria le chef des insurgés, voilà l'heure de mourir, défendons-nous !

Tous les hommes restant debout s'élancèrent sur les pavés.

Une quatrième compagnie courait sur eux au pas gymnastique. En tête un jeune lieutenant, l'épée haute, criait :

— Soldats ! les croix d'honneur sont derrière ces pavés, en avant ! en avant !

A cette voix, Jean-Pierre se sentit frissonner des pieds à la tête.

Jusque-là il avait tiré en l'air, afin de ne tuer personne. Il n'en voulait qu'à un seul homme et se réservait pour celui-là.

Les balles sifflaient autour de lui, frappant de mort tout ce qu'elles rencontraient.

Abrité derrière un contrevent qui avait servi à la construction de la barricade, Jean-Pierre attendait, le fusil chargé.

Au bout de quelques minutes, trois hommes seulement survivaient. Considérant la défense comme impossible, ils prirent la fuite. Jean-Pierre resta seul.

Les soldats étaient au pied de la barricade et commençaient à la gravir.

— Victoire ! cria le lieutenant, qui apparut le premier sur les décombres.

Mais soudain il s'arrêta, comme frappé d'épouvante.

Devant lui, Jean-Pierre, tête nue, le regardait.

Le pêcheur leva lentement son fusil dans la direction de la poitrine de l'officier, puis il dit :

— Maurice Bertrand, Jenny est morte, tu vas mourir.

Le coup partit.

Le lieutenant lâcha son épée, étendit les deux bras et tomba à la renverse.

Jean-Pierre jeta son arme, désormais inutile, et s'en alla d'un pas régulier, comme un homme à qui la mort est indifférente.

Les soldats les plus proches avaient reçu Maurice dans leurs bras, ce qui fit que Jean-Pierre eut le temps de disparaître par une autre rue avant d'être poursuivi.

# XXIV

## LE DERNIER COUP D'ÉPERVIER

En arrivant à la barrière de Bercy, Jean-Pierre rendit compte de ce qui s'était passé. L'insurrection était écrasée, la lutte impossible.

Tous ces hommes baissèrent la tête, car ils sentaient que la réaction allait commencer à faire plus de victimes que la lutte.

Ils avaient raison, car leur défaite allait valoir à la France le deuxième empire et les désastres de 1870.

Mais revenons à notre malheureux héros.

Jean-Pierre gagna facilement la campagne. En suivant la Seine, il arriva à Charenton et prit la route de Corbeil.

Il faisait nuit. Brisé de fatigue, il s'arrêta à Alfort, où il acheta du pain et mangea un peu; puis il s'endormit dans un fossé, sur le bord de la grande route.

Lorsqu'il s'éveilla, il faisait grand jour; les oiseaux chantaient dans les arbres, et le beau soleil de juin frappait son visage de ses rayons ardents.

Dans son lourd sommeil il avait oublié les évènements de la veille, mais il ne tarda pas à se souvenir.

Il se leva et reprit son chemin d'un air résigné.

Il passa Maisons-Alfort et arriva avec peine à Villeneuve-Saint-Georges. Ce n'était pas seulement la fatigue qui l'accablait, c'était son chagrin et aussi cette pensée qui ne le quittait plus:

— J'ai tué un homme.

Certes, il croyait avoir fait son devoir; il avait frappé pour venger Jenny, et cependant il ne pouvait faire taire la voix de sa conscience.

Il mangea un peu à Villeneuve-Saint-Georges et se

reposa avant de reprendre son voyage. Il ne se pressait pas, car il entrait dans son idée de n'arriver à Corbeil que de nuit.

Il passa par Draveil, Champrosay et Soisy-sous-Etiolles, et fit enfin son entrée à Corbeil par le Tremblay et les Marines, où, pour la première fois, il avait posé ses verveux.

En voyant ces lieux qui lui rappelaient son enfance, il ne put retenir ses larmes et prit vivement la rue du Quatorze-Juillet.

La nuit était complète lorsqu'il se trouva devant la « grande maison » ; il monta l'escalier qui conduisait au logement de la mère Marie.

La clef était sur la porte, comme à l'ordinaire ; la vieille ne craignait pas les voleurs.

Jean-Pierre ouvrit et entra.

La mère Marie surprise se retourna.

—Mon Dieu! dit-elle suffoquée, c'est lui! Elle ne put en dire davantage.

Son petit gas l'avait prise dans ses bras et la serrait contre lui.

L'étreinte fut longue et entrecoupée de sanglots.

Enfin la marchande se calma.

—Tu as faim, bien sûr, dit-elle ; je vais aller chercher quelque chose.

—Non, dit Jean-Pierre en la retenant ; il faut que l'on ignore mon arrivée ici. Mère Marie, je puis être repris par le régiment.

—C'est juste ; tu vas donc repartir?

—C'est probable, car ici on me connaît trop.

—Et Jenny? demanda la vieille.

—Jenny? fit Jean-Pierre ; M. Durand n'a donc pas reçu ma lettre?

—Il ne m'a rien dit.

—Jenny est morte.

—Pauvre enfant, fit la marchande ; et son séducteur?

— Mort aussi, dit froidement Jean-Pierre.

Il se mit devant la petite table et mangea ce que la bonne femme lui servit.

Elle le voyait si absorbé qu'elle n'osa pas l'interroger plus longuement.

— Demain, pensa-t-elle, il me dira tout.

Elle comprenait la douleur de son fils adoptif et la respectait.

Lorsque Jean-Pierre eut mangé, il demanda à se coucher, se disant très fatigué.

Il entra dans le petit cabinet, où il retrouva son pauvre lit d'autrefois.

Ses éperviers étaient appendus à la muraille; il sourit en les voyant et ne put résister à les toucher.

Puis il souffla la chandelle et se jeta tout habillé sur son grabat.

La mère Marie avait lavé sa petite vaisselle, puis elle s'était assise devant sa fenêtre ouverte, sans lumière.

Pourquoi ne se couchait-elle pas? Elle devait être cependant bien heureuse du retour de Jean-Pierre.

Quelque chose la troublait profondément. Son fils avait un air étrange qu'elle ne lui connaissait pas. Des idées noires s'emparaient d'elle.

Une heure s'écoula ainsi.

Elle se rappelait involontairement la nuit où Jean-Pierre, enfant, s'était échappé pour aller à la pêche, lorsqu'elle entendit, comme cette nuit-là, remuer quelque chose dans le cabinet.

Le bruit des plombs l'avait frappée.

Jean-Pierre songeait-il à aller à la pêche? C'était invraisemblable.

Elle écouta plus attentivement. Une porte se ferma, et des pas retentirent dans l'escalier.

Elle ralluma vivement la chandelle et ouvrit la porte du cabinet.

Elle ne s'était pas trompée. Le cabinet était vide.

En regardant autour d'elle, elle vit qu'un épervier n'était plus à son clou.

—Jésus ! fit-elle, il dira ce qu'il voudra, je veux savoir.

Elle souffla sa lumière et descendit à son tour.

Jean-Pierre avait de l'avance sur elle et il marchait vite ; mais la mère Marie voyait son ombre devant elle.

Ils traversèrent ainsi la place Saint-Léonard et la Pêcherie.

Le jeune homme sauta dans son bateau, le détacha de son piquet, et il s'éloignait du bord, lorsque la marchande, essoufflée, arrivait près de lui.

—Jean-Pierre ! cria-t-elle.

Mais rien ne répondit à son appel.

Alors elle pensa à M. Durand et alla frapper à sa porte.

Le pêcheur se disposait à partir à son travail de nuit.

Il ouvrit, surpris de voir la vieille à pareille heure ; mais elle ne lui laissa pas le temps de s'étonner.

—Jenny est morte, dit-elle, et Jean-Pierre vient d'arriver.

—Jenny ! s'écria le père...

—Oui, mais écoutez. Jean-Pierre vient de sortir de chez moi sans rien dire ; il a pris un épervier, et il s'éloigne là-bas, dans son bateau.

—Qu'est-ce que cela veut dire ?

—Cela veut dire, reprit la marchande, cela veut dire qu'il veut mourir aussi.

M. Durand ne fit qu'un bond jusqu'à la rivière.

—Venez, dit-il, et faisons vite.

Ils s'embarquèrent tous deux.

Le fermier de pêche se raidit sur les avirons à les faire plier, et le bachot s'éloigna rapidement à la poursuite de celui de Jean-Pierre, qui passait en ce moment sous une arche du pont.

La vieille, debout à l'arrière, suivait l'ombre de son fils autant que sa vue affaiblie le lui permettait.

Tout à coup, dans le silence de la nuit, un bruit sourd se fit entendre.

— Il jette l'épervier, dit la mère Marie.

— C'est étrange, fit Durand, comme le coup a été fort.

Le bateau fendait l'eau et arrivait bientôt à celui de Jean-Pierre, en face des moulins Darblay, juste à l'endroit où le jeune homme avait pris son premier brochet.

Ils accostèrent le bateau et virent avec effroi qu'il était abandonné.

M. Durand saisit son croc et chercha dans l'eau, sans rien dire.

La mère Marie était restée immobile, le bras étendu vers un point dans l'ombre, comme si elle eût voulu indiquer que Jean-Pierre était là.

Le courant gênait le fermier, qui seul ne pouvait tenir son bateau et chercher. Il se serait arraché les cheveux de désespoir.

Il revint dix fois à la charge sans succès. Alors, il comprit que Jean-Pierre était mort depuis vingt minutes déjà et il remonta pour aller chercher du renfort.

En touchant la terre, la mère Marie descendit machinalement, et, sans répondre à M. Durand, qui lui disait d'entrer chez lui, elle reprit le chemin de sa chambre, d'un pas lent et mesuré.

. . . . . . . . . . . . . . . . . . . . . . . . . . .

Le lendemain matin, sur le marché, les femmes se montraient la vieille marchande de poisson, assise à sa place ordinaire, mais sans marchandise sur son étal.

Plusieurs lui avaient demandé pourquoi elle n'avait pas de poisson.

— J'attends Jean-Pierre, qui est à la pêche ! répondait-elle sans s'émouvoir.

Et les acheteurs s'éloignaient, saisis de pitié et se disant :

—Elle est folle !

Vers midi, elle quitta sa place et reprit par le pont.

A ce moment, des hommes suivis de M. Durand portaient sur un brancard le cadavre de Jean-Pierre, qui venait d'être retrouvé.

Le jeune homme était littéralement enveloppé dans son épervier. Il s'était défié de lui-même.

La vieille s'approcha et poussa un grand cri.

Puis elle tomba morte sur le corps de son enfant.

M. Durand demanda, et M. Girard, le curé, accorda qu'ils fussent enterrés dans la même fosse.

La lettre de Jean-Pierre était bien arrivée à son adresse, mais le fermier de pêche avait caché à la vieille la nouvelle de ce nouveau chagrin.

Mme Durand, comme nous l'avons dit, était partie chercher la petite Céline.

On ne sut jamais que Jean-Pierre avait tué Maurice.

Les journaux parlèrent de la bravoure du jeune lieutenant, qui avait fait des prodiges de valeur contre les insurgés et dont la mort prématurée venait de briser une carrière qui s'annonçait brillante.

A quelques jours de là, ce bon M. Chevallier mourut de saisissement en apprenant qu'un de ses débiteurs venait de déposer son bilan.

Cela ne fit pas verser beaucoup de larmes dans Corbeil.

Le lendemain du jour où Jean-Pierre et la mère Marie furent inhumés ensemble, Mme Durand revint d'Orléans et présenta Céline à son grand-père.

Le pêcheur la posa sur ses genoux en songeant à ceux qui n'étaient plus.

—Mon Dieu ! dit-il, ce que vous faites est bien fait ; vous avez rappelé à vous la fille coupable, et vous nous donnez à la place un de vos anges pour consoler notre vieillesse !

FIN

# A MES CAMARADES

## DE CORBEIL

13.

# A MES CAMARADES

## DE CORBEIL

Vous qui avez connu les personnages de cette histoire, vous vous demanderez peut-être ce qui m'a amené à les mettre en scène.

Je vais vous le dire, et ce sera son complément, peut-être indispensable pour quelques-uns de vous qui ont oublié les détails de notre première enfance.

Le 1<sup>er</sup> septembre 1837, à une lieue de Mayenne, sur une route poudreuse, devant une grille en bois qui donnait accès à une ancienne ferme nommée *La Fourmardière*, quatre personnes attendaient le passage de la diligence pour Paris.

Une femme toute blanche de cheveux, quoiqu'elle n'eût pas quarante ans, pâle, hydropique, large comme un tonneau, était soutenue par un homme d'une cinquantaine d'années et par une jeune fille du nom de Clarisse.

Près d'eux, un petit garçon de trois ans et demi riait et sautait en criant : La diligence ! la diligence ! les voyageurs pour Le Mans, Chartres et Paris !

— Tais-toi donc, Auguste ! disait Clarisse ; tu vois bien que le bruit fait mal à ta mère.

— Qu'importe ? répondait la malade ; je ne demande à Dieu que la force d'aller jusqu'à Corbeil et de le remettre à son père ; après, il adviendra ce qu'il pourra.

La diligence arrivait.

En voyant la pauvre femme, les voyageurs firent la grimace. Elle fut hissée dans la lourde voiture, mais à elle seule, elle prenait les deux places retenues.

Le postillon se trouvait être un bon homme.

— Ne vous tourmentez pas, la mère, dit-il, je vais prendre le *petit Frisé* avec moi sur le siège, il ne manquera de rien.

Et fouette cocher ! Un nuage de poussière

cacha bientôt aux voyageurs le pauvre do-
maine de la Fourmardière, où la mère avait
eu tant de chagrins qu'elle y avait contracté
une terrible hydropisie.

Chacun s'empressait, aux haltes, à satisfaire
aux désirs du *petit Frisé*, qui était bien le
gamin le plus bavard de France (il lui en est
resté quelque chose), et la mère n'eut pas
besoin de s'en occuper.

Tout alla bien jusqu'à Chartres.

On descendit à l'hôtel du *Grand-Monarque*,
qui avait appartenu autrefois au grand-père
du petit Auguste. L'enfant de l'hôtel, en
jouant avec lui, tomba et se cassa une jambe.
Il se prit à crier ; l'autre prit peur et se sauva
par les rues en pleurant.

Un homme du cirque ambulant qui donnait ce jour-là une grande représentation, vit
l'enfant abandonné, le chargea sur ses épaules
et l'emporta.

Le futur auteur du *Conscrit de Corbeil*
allait devenir saltimbanque.

Mais, ô hasard !

Sa mère était entrée chez un pâtissier afin de lui acheter des gâteaux pour la suite du voyage.

— Tiens, dit la pâtissière, voilà un enfant qui a les cheveux noirs tout frisés et une calotte rouge ; un homme du cirque l'emporte... Cela arrive souvent.

A ces mots de « calotte rouge », la femme lève la tête et pousse un cri.

— C'est mon enfant ! dit-elle.

Alors, malgré l'hydropisie, la mère s'élance, arrache son fils du dos de l'homme ahuri et le remporte triomphante.

Naturellement l'homme prit la fuite.

Le soir on remontait en diligence, et le lendemain on était à Paris. De là on reprit la diligence de Paris à Corbeil, Melun, etc., et vers trois heures de l'après-midi on entrait à Corbeil, par Essonnes et les Grandes-Bordes.

Le père attendait sa femme et son fils. Il avait retenu un logement chez M. Jésupret, menuisier, rue Saint-Spire.

En voyant cette femme, qui venait de faire

près de cent lieues en diligence, dans l'état où elle se trouvait, madame Jésupret refusa nettement de recevoir ses locataires, en disant :

— Demain cette femme sera morte : cela porterait malheur à ma maison !

Cette femme était bigote, elle fut inflexible.

La voiture repartit alors, et on descendit chez Sallée, à l'hôtel de Bellevue.

Là, on fut reçu après des pourparlers et sur la promesse que le lendemain on irait loger ailleurs.

— Soyez tranquille, disait la malade, bientôt je ne gênerai plus personne.

Cependant le père, qui travaillait de nuit à la fabrique du faubourg, chez M. Feray, le père, chercha, après son travail, un nouveau logement, et le trouva rue du Quatorze-Juillet, dans la grande maison où l'on a vu commencer notre récit.

C'est dans cette maison qu'habitaient la veuve Constant et Jean-Pierre, ainsi que la mère Marie.

Lorsque l'on vit arriver le nouveau ménage, chacun s'empressa autour de la malade.

La mère Marie poussa des *doux Jésus!* à fendre l'âme et voulut être la première à la soigner.

Ce qu'elle fit de mieux, ce fut de courir chez le docteur Petit, fils, et de l'amener immédiatement.

Le docteur Petit était un beau grand jeune homme de trente ans environ qui, entre deux visites, et vivement, mangeait quatre côtelettes de mouton, un poulet et un pain de deux livres.

En voyant la malade, et après un court examen, il dit :

— Voilà une magnifique hydropisie, oh! oui, bien compliquée et mûre à point. Ça va être un plaisir de lutter contre elle.

— Est-ce que l'on peut en guérir? demanda la malade, un peu effrayée par la voix de Stentor du médecin.

— On sauve un malade sur cent, ma petite mère ; mais si vous êtes bien obéissante et que vous suiviez mes ordonnances à la lettre, je réponds de vous. Êtes-vous riche?

— Hélas!...

Le docteur jeta un coup d'œil sur les meubles chétifs épars dans la chambre.

— Bon, bon, dit-il, on causera de ça plus tard... quand vous serez sur pied. Mon père et moi, nous avons connu M. et Mme Villiers, le père et la mère de votre mari, au temps de leur fortune... Voilà comme ça change... Enfin, aujourd'hui, reposez-vous, et demain nous commencerons le feu.

La maladie dura un an, après quoi elle céda, vaincue et pour toujours.

L'année suivante, la pauvre femme se sentit grossir; elle eut peur et fit demander le médecin.

— Je crois, docteur, que la maladie revient.

Le médecin, qui était fier de sa cure, pâlit et lui prit le bras.

Puis, après avoir tâté le pouls :

— Farceuse! dit-il, vous êtes enceinte! Cette maladie-ci sera plus facile à guérir que l'autre.

Durant toute l'année de maladie, le petit

Frisé avait été soigné et choyé par la mère Marie.

Il jouait peu avec Jean-Pierre, qui était *un grand* à côté de lui et qui se plaisait à lui faire peur.

Plus tard, lorsque l'auteur de cette histoire eut douze ans, il entra comme saute-ruisseau chez M. Dupont, avoué, au prix de dix francs par mois.

M. Girard, le curé, qui affectionnait beaucoup l'enfant, lui demanda un jour :

— Qu'est-ce que tu gagnes chez les Dupont?

— Dix francs, Monsieur le curé.

— C'est bon, dit-il, je le verrai.

A la fin du mois, M. Dupont, homme très bourru, mais très bon au fond, mit quinze francs devant lui.

— Voilà ton mois! dit-il.

— Mais, Monsieur, vous vous trompez...

— Non pas, je t'augmente, puisque le curé le veut.

A quelques mois de là, le jeune clerc éprouva un invincible besoin de lire. Il sentait que son éducation primaire était un marchepied pour savoir davantage. Il demanda à son patron, qui était maire de Corbeil, à prendre des livres à la bibliothèque communale.

Cela lui fut refusé.

Ce fut encore le curé qui intervint et qui força la main au maire.

Celui-ci, tout en maugréant, donna une autorisation ainsi conçue :

« J'autorise M. Lefort, bibliothécaire, à délivrer des livres à emporter au jeune Villiers, mais seulement des livres de *religion* et d'histoire. »

Ce mot religion, ce n'était pas le curé qui l'avait dicté, c'était le maire.

Muni de cette autorisation, le nouveau lecteur alla trouver le père Lefort.

M. Lefort était un vieillard qui avait fait toutes les campagnes de la République et qui n'avait servi Bonaparte qu'à son corps défendant.

Il lut le papier et haussa les épaules :

— Est-ce que tu veux être curé ? demanda-t-il.

— Non, Monsieur.

— Alors, qu'est-ce que tu veux lire?

— Je voudrais lire Molière!

— Ah! bon, s'écria-t-il; eh bien, si tu appelles cela un livre de religion, je ne m'y connais plus!

L'enfant était atterré.

— Attends, dit le bibliothécaire, nous allons arranger cela.

— Ah! tant mieux.

— As-tu lu l'histoire romaine de Rollin?

— Je n'ai jamais rien lu.

— Très bien! tu seras plus facile à diriger. Voilà le premier volume de Rollin, dont tu vas me signer le reçu sur le répertoire, et voici le premier volume de Molière, que je te prête sans reçu! Je me fie à toi.

— Soyez tranquille!

C'était un jeudi; le dimanche, le petit clerc rapporta les deux volumes.

— Déjà! fit le père Lefort; tu n'en as lu qu'un.

— Tous les deux, Monsieur.

— Oh! Je suis sûr que tu as lu Molière, mais Rollin? Je sais bien qu'il n'est pas très amusant.

— Rollin aussi!... Interrogez-moi!

Le père Lefort, ouvrant le volume au hasard, fit plusieurs questions auxquelles il fut répondu sans hésitation.

— Fichtre! dit-il, quelle mémoire!

En trois années, le jeune clerc, qui mordait peu au code, avouons-le, lut tous les volumes de la bibliothèque de Corbeil.

Il lut tout, l'histoire, la philosophie, les *Oraisons* de Bossuet, les Révérends Pères de l'Eglise, qui tenaient la moitié des rayons, les bons et les mauvais livres. Ce fut pendant ces trois années une bataille ou plutôt un chaos dans son esprit.

— Résultat : il est devenu libre penseur!

Un dernier mot :

En 1854, le père de l'auteur, après dix-sept années d'un travail de quatorze heures par jour dans quarante degrés de vapeur, fut pris de paralysie, et à cinquante ans, vieilli et usé par ce pénible labeur, il devint fou.

Son traitement de trois francs par jour de travail fut réduit à cinquante sous, puis à quarante; enfin il tomba, épuisé.

Un jour, que M. Girard passait devant sa porte, il reçut un vase sur la tête.

Il demanda ce que c'était, et un voisin répondit :

— C'est M. Villiers qui a une attaque.

— Et il n'est pas placé dans une maison de santé ?

— Et de l'argent?

— C'est juste.

Deux jours après, sur la demande de M. Girard, le pauvre fou était placé à l'asile de Clermont. M. Feray payait un tiers, la ville de Corbeil un tiers et le département le troisième tiers.

. . . . . . . .

La vie est un si rude chemin pour tous, que l'on doit oublier ceux qui nous ont fait du mal; mais on a le devoir de glorifier ceux qui nous ont fait du bien.

C'est en pensant à M. Girard et à la mère Marie, que j'ai écrit *le Conscrit de Corbeil*. Ne pouvant leur donner autre chose, je leur ai offert ce que nous avons de plus pur en nous : — Le Souvenir!

Auguste VILLIERS.

Août 1882.

# TABLE DES MATIÈRES

# OUVRAGES DU MÊME AUTEUR

POUR PARAITRE SUCCESSIVEMENT

Et plusieurs autres, devant former au total trente volumes.

# CHEZ LE MÊME ÉDITEUR

Corbeil. — Imprimerie L. DREVET.